CW00515430

DALLE ACQUE
Romanzo contadino

FRANCO NICOLA FERRETTO

DALLE ACQUE

Copyright © 2020 Franco Nicola Ferretto

Tutti i diritti riservati.

Codice ISBN: 9798631246676

Dedicato a...

A tutti i contadini di alcune generazioni fa. Alla loro miseria. Alla loro disperazione. A tutti i migranti che, in cerca di un futuro migliore, hanno dolorosamente tagliato vitali radici.

DALLE ACQUE

Sommario

DALLE ACQUE

Introduzione

Le vicende narrate hanno come ambientazione la pianura veneta, le terre basse tra le province di Verona e Padova, ai confini con quella di Rovigo.

Sono terre devastate dalle guerre d'indipendenza e dalla povertà. Pochi latifondisti sono padroni delle terre e degli uomini che le lavorano.

Nelle campagne l'eco delle guerre e dei nuovi assetti politici giungono molto affievoliti. La massa contadina conosce a malapena il nome di Cecco Beppe, identificandolo idealmente, nella causa di ogni male, anche se le cose non cambieranno dopo che il Veneto non sarà più sotto il dominio austriaco.

A questa situazione di grande povertà, nel 1882 si aggiunge la tremenda inondazione di settembre. L'intera regione viene devastata dall'acqua che sommerge tutto da Verona al Polesine distruggendo ponti, mulini, raccolti, case e provocando un alto numero di morti.

In questo contesto di estrema povertà uomini e donne cercano un'esistenza che sia qualcosa di più della sopravvivenza. La loro condizione li espone a tali avvenimenti che anche piccoli dettagli possono significare la vita o la morte.

Ecco che trovano terreno fertile le proposte di migrazione che vengono promosse vigorosamente dai governi sudamericani dando vita ad un intreccio di interessi che arricchiscono, come sempre accade nella gestione di persone disperate, numerose figure capaci di sfruttare la situazione a proprio vantaggio.

DALLE ACQUE

Compagnie di navigazione che mettono in mare bastimenti in pessime condizioni, veri e propri squadroni di imbonitori sguinzagliati in ogni più piccolo paese delle campagne, imbroglioni di varia natura che sfruttano l'ignoranza di chi è disposto a tutto per non soccombere... Cambia l'epoca, cambiano i paesi, ma la sostanza resta sempre quella.

La narrazione prende spunto dalle vicende di una famiglia di contadini, una come tante, ed è introdotta da una presentazione in prima persona dei capostipiti.

È la narrazione delle vicende legate a tre generazioni di questa famiglia che, a completamento della *"Trilogia dei disperati"*, di cui questo *"Dalle Acque"* rappresenta il primo volume, ci porterà alle soglie della Seconda Guerra Mondiale, attraversando, dal punto di vista della povera gente, quegli avvenimenti degli ultimi centocinquant'anni che hanno forgiato il nostro essere di oggi.

Partendo dalla grande devastazione dell'inondazione del 1882, proseguendo col fenomeno dell'emigrazione, lo sterminio della Grande Guerra e dell'influenza Spagnola, l'epoca fascista... tutte fasi storiche sotto il comune denominatore della grande sofferenza per la parte più povera e indifesa del Paese: i disperati.

Vicende all'insegna della speranza, della fatica, della fame... E ancora, dei soprusi, delle ingiustizie, della religione, dell'illusione, della rassegnazione, dell'ignoranza, della superstizione, delle semplici cose, della povertà, della vita e della morte...

DALLE ACQUE

DALLE ACQUE

Iacomo

Sono nato nel 1846 sotto il regno Lombardo-Veneto tenuto dagli austriaci. Quando avevo vent'anni era giunta notizia che eravamo diventati italiani. Io non mi ero accorto della differenza, anche se dicevano che adesso tutto era nostro, ma io non ho mai avuto niente più di quel poco che già avevo.

Sono cresciuto nella corte del *Capezzin*, ad Angiari, vicino agli argini dell'Adige.

Avevo tre sorelle più grandi di me. Mi ricordo che due erano già sposate e andate fuori casa che io ero ancora piccolo. Marta era la più giovane delle tre, non ancora sposata. Mi aveva tirato su lei, perché nostra madre era morta quando non avevo ancora un anno.

Verso i sei, sette anni, avevo iniziato a fare i lavoretti sui campi, come zappare le erbacce, pulire i fossi, raccogliere le foglie del granturco per fare i materassi...

Quando avevo 10 anni e Marta si era sposata, è morto anche mio padre. Il padrone mi ha tenuto affidandomi ad una famiglia di mezzadri che abitava in corte e lì sono rimasto, come uno della famiglia, lavorando sulla loro terra.

A ventidue anni ho iniziato ad andare a morose dalla Duilia. Allora ho chiesto al padrone se poteva assumermi come salariato in modo di avere qualche palanca per potermi sposare.

Nel giro di un paio d'anni avevo ottenuto un contratto come salariato e due camerette vuote come le mie tasche che, un po' alla volta, anche grazie alla famiglia della Duilia, avevamo sistemato per poterci stare dopo sposati.

La Duilia era rimasta presto incinta e, dopo che era nato Bertin, aveva iniziato a fare la balia e svolgere alcuni lavoretti per quelle famiglie della corte impegnate a lavorare nei campi. Così, ci veniva dato di che mangiare. Chi ci dava delle uova, chi della farina... insomma: era un bell'aiuto. Ma soldi, mai. Anche il padrone cercava sempre di pagare il mio lavoro da salariato con qualcosa che servisse per campare. Di soldi, nella mia vita, ne ho visti gran pochi.

Se dovessi definire la nostra condizione, direi che finché siamo stati alla corte del Capezzin, eravamo solamente dei gran pitocchi.

Ma, nonostante tutto, ho sempre trovato il modo di guadagnare il necessario per me e la mia famiglia.

La vicinanza dell'Adige era una fortuna. Dai suoi argini si diramava una rete di canali che penetrava nelle campagne. Questi fossati erano ricchi di pesci e di rane. Quello che mancava era il tempo, e il permesso, di prenderli.

Il lavoro nei campi iniziava con il sorgere del sole e terminava quando era il tramonto. Era, quindi, necessario avere gli strumenti adatti per catturare il pesce senza sottrarre tempo al lavoro nei campi.

Mio padre mi aveva insegnato ad intrecciare i rami più flessibili, quelli gialli, sottili, tagliati dai salici piantati in riva ai fossi, per ricavarne il cogolo, un attrezzo fatto come due ceste coniche sovrapposte una all'altra, con la prima aperta sul fondo. L'intreccio doveva essere tale da far passare agevolmente l'acqua corrente ma trattenere i pesci che, entrando dalla prima cesta, andavano a finire nella seconda senza essere in grado di uscirne.

La mattina partivo che era ancora buio per andare a piazzare il cogolo in un fossato. Affinché rimanesse nascosto sotto acqua, ci mettevo dentro un sasso. Attaccato al bordo c'era uno spago che nascondevo nell'erba della riva e che mi avrebbe permesso, a sera, di tirare su il cogolo con il suo bottino di pesci.

Era importante non farsi vedere quando si piazzava il cogolo perché si correva il rischio che venisse rubato. Era un attrezzo di pesca molto ambito perché la sua costruzione comportava parecchio tempo e lavoro, e perché risultava particolarmente utile nell'assicurare buon companatico sulla tavola di tante famiglie.

I più pericolosi, in questo senso, erano gli operai addetti alla bonifica che erano responsabili delle chiuse dei canali. Il loro lavoro comportava anche il compito di tenere puliti i canali e, in questa loro funzione, capitava spesso che si imbattessero in diversi cogoli messi in acqua da contadini al lavoro nei campi vicini. Ovviamente, se ne appropriavano e il legittimo proprietario non poteva far altro che lanciare bestemmie e maledizioni contro questi operai, veri e propri privilegiati che non si rompevano la schiena sui campi per giornate interminabili, ma potevano prendersela comoda col pretesto che il loro era un lavoro di responsabilità.

Fino a quando ho lavorato al servizio di padron Capezzin non mi è mai mancato il cibo in tavola, ma non si riusciva mai ad avanzare un soldo per qualche capriccio. Mai.

Avevamo queste due camerette dove stare, che erano ripagate da tutti quei lavori che, fuori orario, svolgevo per il padrone, in corte e soprattutto in stalla.

Avevo preso una tale abilità nel badare alle bestie che il padrone, quando c'era qualcosa riguardante la stalla, come vendere una vacca o comprare un cavallo, non chiedeva al bovaro, ma a me, perché riconoscevo subito una bestia buona da una scadente.

I mantovani, che si credevano tanto furbi, con me non avevano vita facile, quando cercavano di venderci delle bestie che dicevano essere eccezionali e invece erano vecchie e magari ammalate.

Un anno che ha segnato la mia vita è stato l'ottantadue. La Duilia era stata brava, ché aveva messo al mondo tre figli maschi. Non che a queste cose si comandi, ma grazie a questo, avevo finalmente titolo per parlare seriamente al Capezzin e chiedere un pezzetto di terra da coltivare per mantenere la famiglia, lasciando a lui, ovviamente, la sua parte.

Bertin aveva compiuto 12 anni e Pierin dieci. Di cose ne avevano imparate perché erano stati abituati, fin da piccoli, a passare le giornate nei campi, e avevano entrambi buona volontà per imparare a fare tutti i mestieri a seconda della stagione.

Il più piccolo, Anselmo, aveva sette anni e andava a scuola. Era al secondo anno e la sera, seduto al focolare, ci raccontava quanto aveva imparato e che cosa aveva detto il maestro.

Per me e sua madre, ma anche per i suoi fratelli - che non erano andati a scuola perché il padrone non me li aveva fatti registrare - era come se fossimo stati lì, seduti sul banco della scuola ad ascoltare le parole preziose del maestro, gratis, senza dover essere ben lavati e ordinati come invece dovevano essere gli alunni presenti al cospetto dell'insegnante.

Ed era bello, anche se tante cose erano difficili e non le capivamo. Ma alcune sì. Ed era buffo che a spiegarle fosse il più piccolo della famiglia. Ma era come se il maestro parlasse attraverso di lui, e nessuno si sentiva imbarazzato per questo. Si accettava alla stessa maniera in cui si ascoltavano le parole del prete che parlava con la sua voce ma le parole erano quelle di Dio, perché si sa che Dio parla attraverso i suoi servi in terra e che i messaggeri che possono dire quello che il Signore vuole sono i preti e tutti i servi della chiesa. Ma alcuni, secondo il Signore, non sono degni di parlare per suo conto, anche se sono membri della chiesa, e questi li ha relegati al silenzio o alla clausura perché se non sono all'altezza potrebbero esprimere male le sue parole e vanificare, così, tutto il lavoro per edificare il grande regno dei cieli, fatto con tanta pazienza nei secoli dei secoli.

Il padrone aveva detto:

"Finiamo tutti i raccolti e poi a San Martin ne parliamo. Vediamo se salta fuori un po' di terra anche per te." Che, nel concreto, voleva dire che se qualche famiglia di mezzadri non avesse corrisposto quello che lui si aspettava, avrebbe trovato il modo di punirli, togliendo loro un fazzoletto di terra per darlo a me.

In questo modo avrebbe potuto prendere due piccioni con una fava perché io ci avrei sputato l'anima per far fruttare al massimo quella terra avvalorando la sua tesi che la colpa dei magri raccolti è sempre dei contadini e non della terra. E avrebbe infierito su quella famiglia, alla quale aveva già tolto la terra, dicendo, come se non bastasse *"Avete visto che lavorandola bene, la terra dà i suoi frutti? Volete che vi tolga anche il resto? L'avete capita la lezione?"*

Ma un destino crudele, o pietoso, avrebbe impedito che tutto questo si verificasse.

Nel settembre di quell'anno, quando tanti raccolti aspettavano solo l'intervento umano, la volontà divina aveva mandato un diluvio, non come quello della Bibbia, ma ugualmente purificatore. L'Adige era uscito dal suo letto ed aveva sommerso tutte le campagne intorno. La corte

Capezzin era sommersa fino ai tetti delle case più basse. Non si erano salvati neppure i fienili, ma non importava perché tutte le bestie della stalla erano annegate. E Bruneto, il bovaro che era rimasto due giorni sopra un tetto ad aspettare che andassero a prenderlo, rideva come un idiota, forse perché non si rendeva conto di essere rimasto senza lavoro o forse perché, invece, se ne rendeva conto. E rideva dicendo che le bestie, gonfie d'acqua com'erano, erano grasse al punto giusto, che erano pronte per essere vendute. Poi, era salito sulla barca dei militari che erano venuti a metterlo in salvo, e non l'ho più rivisto.

Tra gli abitanti della corte c'erano stati quattro morti. Tutti vecchi in *caregoto* che non era stato possibile portare in salvo.

Quando il cedimento degli argini sembrava ormai un pericolo reale, erano stati preparati i carri carichi di tutte le cose che si potevano mettere in salvo, riservando un posto anche per gli anziani di famiglia.

"Lasciagli un posto sul carro, ma prima carica tutto quello che ci può stare..." Poi, la situazione era precipitata, i carri con tutta la roba sopra erano stati portati via dall'acqua melmosa e, mentre la salvezza diventava sempre più incerta si era scelta la soluzione più immediata

"Presto, appoggia la scala. Su, sopra il tetto!" in un Gesummaria le case si erano riempite d'acqua.

"Ehi, e il vecchio?"

"Non l'avevi portato su?"

"Io no, c'era la Bepa con lui..."

"Ma no, se ero qua prima di te..."

"Oh, Signore Gesù, che brutta fine..."

Tre dei quattro vecchi annegati erano inebetiti e soltanto dopo un po', passato il trambusto, ci si era accorti che mancavano. Quello che invece, negli ultimi istanti della sua vita, aveva urlato bestemmie tali da aprire, anzi, spalancare le porte dell'inferno in un istante, era stato il vecchio Checo Signoron, nobile decaduto, accudito in vecchiaia dall'unica figlia che se l'era portato nella famiglia del marito in cambio di una misteriosa eredità, sull'entità della quale lo stesso vecchio faceva mistero, forse perché, semplicemente, non esisteva.

Nessuno aveva badato a lui mentre tutti cercavano di fermare il carro pieno di roba che in un Gesummaria era stato portato via e sommerso dall'acqua. Poi, la corsa a salire sul tetto con le scale, lasciando il vecchio Checo al suo terribile destino.

Successivamente, qualcuno aveva insinuato che il vecchio fosse stato volutamente dimenticato da tutti, forse per la questione della misteriosa eredità.

Io, con la mia famiglia, avevo raccolto per tempo le poche cose che potevo salvare dalla casa, e dopo averle sistemate sopra un baldacchino, avevo trovato una sistemazione provvisoria su un terrapieno che faceva da argine ad un avvallamento già sommerso d'acqua da qualche giorno. Quel terrapieno risaliva a quando erano stati scavati i canali di irrigazione. La terra scavata era stata ammassata e usata, in gran parte, per farne una strada rialzata che si spingeva in mezzo alle campagne facendo anche da confine tra diverse proprietà.

Dopo la rotta di quella notte, avevamo acqua tutto attorno. Anche per tutto il giorno dopo, non smetteva di piovere e l'unica protezione che avevamo erano le tavole del baldacchino sotto le quali cercavamo un misero riparo.

Volevamo aspettare che le acque si ritirassero, ma invece continuavano a salire. Da quella posizione, in direzione dell'argine del fiume si vedevano alcune figure umane sopra i tetti appena fuori dall'acqua. In lontananza avevamo visto passare un barcone dell'esercito che si fermava a raccogliere quelli che avevano trovato salvezza sopra i tetti. Certamente avranno visto anche noi, su quella strada rialzata, e avranno pensato che non avevamo bisogno di aiuto. Infatti, non si avvicinarono neppure.

Dapprima avevo creduto che la situazione sarebbe migliorata, che le acque fossero defluite lasciando scoperte le vie per allontanarsi. Ma non era così. Dopo un paio di giorni cominciavo a rimpiangere di non aver attirato in tutti i modi l'attenzione del barcone dell'esercito per farci mettere in salvo. Da allora, non si era più vista anima viva.

Ero il capofamiglia e dovevo decidere cosa fare. Le acque che ricoprivano le campagne attorno a noi sembravano calme e non troppo profonde. Levandomi le braghe bagnate e arrotolando i mutandoni, fermati con lo spago, avevo deciso di muovermi.

"*Toh, mettili a seccare che quando torno è probabile che mi debba cambiare. Vado a vedere se trovo qualcosa da mangiare, se è rimasta in piedi qualche pianta di pere o mele, o qualche vigna...*"

"*Ma come fai... Se cadi in un fosso o una buca che non si vede...*" Il pericolo maggiore era proprio quello. L'acqua torbida non permetteva di calcolarne la profondità e se non si avevano punti di riferimento era facile sprofondare in qualche fosso o qualche buca invisibile.

"*Conosco questi posti e so il percorso che devo fare. State fermi qua ad aspettarmi...*"

C'era una fila di salici, quelli che si piantavano a ridosso dei fossi e che davano i tipici rami gialli, sottili e flessibili che si usavano per legare le viti o per intrecciare ceste. In mezzo a tutta quell'acqua, quelle piante erano un punto di riferimento incredibilmente utile.

Mi ero spinto parecchio lontano, fino ad arrivare ad una zona che da allagata si trasformava, via via, in fangosa.

Tra la parte sommersa d'acqua e la terra affiorante, c'era un incredibile ammasso di rami e sterpaglie, tutto arenato senza più possibilità di essere ulteriormente trascinato dalla corrente.

Era una collina di rami, tronchi, foglie e fango, e vi era un brulicare di vita. Il canto di tutti quegli uccelli mi ricordava la normalità di appena pochi giorni prima. Quale piacere riascoltarli, chiamarsi e darsi risposta, ogni specie con la sua maniera.

E poi, all'improvviso, tutti gli uccelli si erano zittiti perché da dietro la collina di rami si era udito un nitrito. E questo mi era sembrato ancora più assurdo. Quel verso tanto comune e a volte fastidioso, nella stalla del padrone fino a qualche giorno prima, ora mi aveva fatto alzare il pelo delle braccia.

Muovendomi cautamente avevo aggirato il grande ammasso di rami per arrivare a vedere quello splendido cavallo, piantato nel fango. I nostri sguardi si erano incrociati e, nonostante la drammaticità della situazione, il cavallo non aveva dato segni di nervosismo o paura. Evidentemente era abituato alla figura umana e i suoi padroni lo avevano trattato senz'altro bene. Il suo sguardo, infatti, sembrava cercare aiuto piuttosto che esprimere paura. Ed io sapevo come trattare queste bestie.

Avvicinandomi di lato avevo visto che indossava già la cavezza, segno che era un cavallo da lavoro che veniva guidato e non cavalcato.

Chissà da dove arrivava. Non apparteneva a nessuna delle corti vicine al Capezzin perché, bene o male, ci si vedeva e, come i cristiani, si conoscevano anche le bestie che lavoravano nei campi.

La cavezza era molto corta e allora avevo slegato i mutandoni per utilizzare lo spago che me li teneva su.

Quindi, ero stato costretto a levarmeli del tutto perché altrimenti sarebbero stati solo un intralcio, e li avevo legati in vita in modo che nascondessero un po' le vergogne. Non che in giro ci fossero altre persone, ma pensavo già a quando sarei tornato dalla famiglia che mi aspettava.

Senza fretta, con movimenti lenti alternati a carezze sul muso dell'animale, avevo aiutato il cavallo ad uscire dalla melma nella quale era imprigionato preparandogli attorno una base di appoggio più consistente utilizzando e mischiando le ramaglie più sottili con il fango.

Non dovevo avere fretta.

Alla fine, quel paziente lavoro aveva portato al risultato sperato. Pur con qualche graffio e completamente coperti di fango potevamo camminare liberamente uno di fianco all'altro.

Duilia

Sono nata nel 1848. Avevo due fratelli e una sorella più grandi di me.

Fin da piccola sono stata abituata a lavorare nei campi e, crescendo, tutti dicevano che ero come un uomo.

Quando si voleva prendere in giro qualcuno perché non aveva tanta voglia di lavorare o faceva qualcosa di malavoglia, gli si diceva *"Non vali neanche la metà della Duilia!"*

Col mio uomo ci siamo conosciuti lavorando nei campi e poi frequentandoci ufficialmente durante le feste, dopo la messa.

Mi sono sposata con Iacomo perché era andato bene ai miei fratelli che mi avevano dato il permesso. È sempre stato un gran lavoratore, e tutto sommato non mi dispiaceva. Era alto e magro, anche se i muscoli non gli mancavano. Sembrava un po' più vecchio dell'età che aveva perché aveva la pelle cotta dal sole. I capelli erano corti e neri, senza una direzione ben precisa, erano sempre nascosti dal cappello da sole, fatto di paglia, di un colore più vicino al nero che al giallo per quanto unto era.

I momenti più importanti della mia vita sono stati il matrimonio e i figli che il Signore ci ha mandato.

Il mio non è stato un matrimonio come mi sarebbe piaciuto avere, ma piuttosto, è stato una cosa tra pitocchi perché i mezzi mancavano e non c'era il necessario per fare bella figura con gli invitati.

Del resto, orfana io e orfano Iacomo, posso dire che siamo stati molto bravi a farci bastare quello che avevamo e che la felicità non si misura solo con il bel matrimonio o con la dote importante.

Per andare in chiesa, i miei fratelli avevano chiesto in prestito un carro e un mulo ad un contadino che abitava nella nostra contrada. Al mulo non sembrava vero di andare per la strada perché era abituato a stare sempre in stalla, e ad ogni ciuffo d'erba si fermava e non c'era modo di farlo andare avanti. A forza di tirare, spingere e imprecare, i miei fratelli erano riusciti a farmi arrivare in chiesa, ma in ritardo di quasi un'ora e, loro, con i vestiti tutti sudati.

Non avevamo fatto un grande banchetto, ma siccome gli invitati erano pochi, c'era stato da mangiare per tutti.

Eravamo andati a stare in due camere che il padrone di Iacomo, *El Capezzin*, ci aveva dato nella sua corte sotto l'Adige.

Di sotto, c'era una piccola cameretta che aveva come pavimento la terra battuta e quando si passava con la scopa bisognava stare leggeri perché sennò il livello si abbassava sempre di più e poi bisognava andare a rubare un po' di terra dove ce n'era per riportare su il livello del pavimento, e bisognava pestare e pestare per compattare lo strato di terra.

La stanza di sopra si raggiungeva con una scala di legno dotata di un corrimano piuttosto instabile.

Il pavimento era fatto di tavole che presentavano, tra una e l'altra, delle enormi fessure, ma d'inverno, quella sopra era tanto più calda della stanza sotto che mandava su un muccio di umidità dal pavimento. Sarà che eravamo vicini al fiume, ma la terra era sempre umida, anche in piena estate, quando si stava davvero bene per il fresco che c'era in casa.

Dopo il matrimonio, gli avvenimenti più importanti della mia vita sono stati i tre figli che ho avuto.

Tutti dicono che son stata brava perché il parto è un affare di donne, ma io non avevo nessuna ad assistermi. Né da parte mia, ché mia sorella era andata in famiglia a Maccacari, né da parte di Iacomo.

Ringrazierò sempre, comunque, l'ostetrica che mi ha seguito per i miei tre figli, l'Angelica, una gran brava donna con una santa pazienza.

Mi diceva sempre che io ero brava a fare i mestieri e i lavori nei campi, bene e velocemente, ma che per mettere al mondo una creatura ci voleva il tempo che la natura aveva stabilito e non quello che volevamo noi. Per quelle cose lì, sono sempre stata di travaglio lungo, o almeno così sembrava a me.

L'Angelica era precisa e ordinata. Ne aveva fatti venire al mondo tanti di disgraziati, nati per crescere, patire, subire e morire. È la storia sempre uguale di noi pitocchi che speriamo solo nella vita eterna perché per questa non abbiamo speranze di vivere bene, anche se tutti cercano di tribolare il meno possibile, con l'eccezione dei frati penitenti di San Salvaro che invece, in questa vita, cercano di tribolare più che possono frustandosi a vicenda per penitenza ed espiazione.

Ma l'Angelica aveva assistito anche a diverse gravidanze andate male. Si arrabbiava quando la gestante aveva un'emorragia e non voleva chiamare il dottore. A parte una diagnosi che poteva derivare dalla sua esperienza, non poteva fare altro. Ammetteva i suoi limiti e si infervorava quando le donne non capivano che dovevano superare la vergogna di certe situazioni e ricorrere al dottore o al ricovero in ospedale.

Direttamente, invece, aveva assistito a molti episodi di bambini nati morti. In quei casi, con molta riservatezza, il padre del bambino nato morto metteva il corpicino in una cassettina e lo portava dal prete che dopo un rito particolare ne permetteva la sepoltura in un terreno attiguo al camposanto.

Dopo aver avuto i figli, siccome non avevo nessuno in casa che me li potesse tenere – una cognata, una suocera o una sorella – dopo i primi mesi, andavo a lavorare nei campi portando i bambini in una cesta che poi mettevo al riparo dal sole e alla quale davo, di tanto in tanto, un'occhiata.

Poi, quando erano cresciuti per poter dare anche una mano, avremmo potuto iniziare a coltivare un po' di terra per conto nostro. Ma c'era stata la rotta dell'Adige in seguito alla quale tutti avevamo perso tutto. Me li ricordo bene, quei giorni. Acqua, acqua e ancora acqua.

La famiglia Pescador abitava in una casa della corte ma nessuno di loro lavorava i campi perché erano pescatori per conto del padrone.

Quello che pescavano lo dovevano portare a pesare e poi lo andavano a vendere.

Il Capezzin aveva fatto fare un carretto per metterci il pesce col ghiaccio e un paio di uomini della famiglia ogni giorno arrivavano fino a Verona per vendere, lungo la strada e in città, quello che avevano pescato.

Tornavano dal loro giro a sera inoltrata e poi si svegliavano che era ancora notte per andare a pescare le anguille in barca sul fiume. Buttavano dalla barca degli spaghi che avevano all'estremità dei vermi fermati in modo che non potessero liberarsi. Non era un vero e proprio amo perché non era necessario. Infatti, quando l'anguilla ingoiava l'esca e serrava strettamente la bocca, nel tirare su lo spago, bisognava far scendere in acqua, lì vicino, un ramo irregolare. L'anguilla, sentendosi in pericolo, si attorcigliava strettamente a tutto quello che trovava lì vicino. In questo modo, tirando in barca spago e ramo, si catturava anche l'anguilla che veniva prontamente fermata con un guanto di tela affinché, scivolando, non si liberasse.

Quando, a metà settembre erano iniziate quelle intense piogge, i Pescador, con la scusa che conoscevano bene il fiume e i suoi segreti, stavano per molte ore del giorno e della notte sopra gli argini per controllare l'andamento della piena.

Anche perché, come per i contadini – che pure c'era tanto raccolto da fare, in quel periodo – non potevano svolgere il loro lavoro a causa di quelle piogge ininterrotte. Dicevano che c'era pericolo che il fiume rompesse gli argini in prossimità dell'ansa poco più a monte della corte Capezzin.

"Se rompe andiamo sotto del tutto." Dicevano. E tutti a preoccuparsi e riempirli di domande

"Ma secondo voi, rompe?"

"Bisognerebbe sapere come è messo più su... Ma se continua a piovere così..."

I lavoratori della corte, oltre che preoccuparsi, avevano iniziato a preparare la propria roba sui carri. Noi non avevamo un carro e Iacomo aveva messo insieme alcune tavole per farne un baldacchino e ci avevamo sistemato sopra poche cose. Mezzo sacchetto di farina, un paio di salami e un po' di carne di oca sotto sale. Alcune pentole, dentro le quali avevamo messo la farina perché restasse asciutta, alcuni grappoli di uva e qualche pera. Finché fu possibile usare il fuoco del camino avevo fatto bollire un paio di pentoloni di acqua dopo averla filtrata con pezze di cotone perché, ormai da qualche giorno, quella del pozzo al centro della corte era diventata melma.

Intanto, si era sparsa la notizia che l'Adige aveva inondato completamente Verona ed erano crollati diversi ponti. La paura cominciava a farsi palpabile e in tanti, quel giorno, avevano deciso di partire per allontanarsi il più possibile dal fiume.

Il Capezzin era fuori di sé. Non aveva più il controllo sui propri lavoratori e tutti i suoi averi erano in serio pericolo. Se l'Adige avesse rotto, avrebbe perso tutto. E la maggior parte dei raccolti era ancora nei campi...

"Non azzardatevi a tornare indietro quando tutto sarà finito, perché vi faccio sbranare dai cani. Brutte bestie!"

Ma pur consapevoli di questo, più della metà delle famiglie se n'era già andata.

Appresa la notizia dell'inondazione di Verona, Iacomo aveva deciso di lasciare la casa, perché la corte era vicina al fiume in una specie di avvallamento e, in caso di rottura, sarebbe stata completamente sommersa.

Ci eravamo sistemati sul terrapieno della strada che portava alle campagne del Boschetto. Avevamo messo delle tavole sopra il fango e delle coperte sulle quali dormire e poi altre tavole a fare da riparo per la pioggia che continuava a cadere. Era settembre e fortunatamente non era tanto freddo.

Iacomo, che era sveglio, in piena notte osservava quelle due luci lontane, sopra l'argine del fiume. Sapeva che appartenevano ai Pescador e si domandava che bisogno c'era di stare così esposti al pericolo. D'accordo che il fiume era tutto il loro sostentamento, ma perché correre un tale rischio?

Poi, le luci si erano spente tutte insieme e un fragore di acqua impazzita si era fatto più forte, quasi assordante.

"Sveglia, sveglia, sveglia!" aveva urlato Iacomo.

Ma, oltre a svegliarci e rimanere immobili paralizzati dal terrore, cosa altro potevamo fare? Nella notte piovosa non si riusciva a distinguere niente. Un correre d'acqua, e il preoccupante gorgoglio poco sotto di noi era terrorizzante. Ma non era solo acqua. Era anche il fragoroso rumore di cose e piante che si rompevano, che si urtavano. In lontananza, alcune grida di aiuto, disperati guaiti, il muggito terrorizzato di una mucca finita chissà dove...

Era stata la notte più lunga della mia vita, con la paura sempre presente che il livello dell'acqua superasse quello del terrapieno sul quale ci eravamo sistemati. Alle prime luci dell'alba, lo scenario che si presentava era davvero infernale.

Acqua, solo acqua, acqua fangosa, marrone, paurosa. A perdita d'occhio, concedeva, qua e là, una fila di alberi, il tetto di qualche casa – e sopra, qualche figura umana che sbracciandosi faceva intendere che stava urlando, ma non si sentiva – e tanti grovigli di alberi sradicati dalla forza dell'acqua.

1882: la rotta dell'Adige

L'Adige aveva invaso tutte le campagne. Nella zona di Angiari, un'immensa distesa d'acqua aveva portato via tutto quello che era nei campi e quello che fino a quel momento era stato raccolto.

Da un paio di giorni si guardava con paura il livello del fiume. Giungevano notizie da Verona di una situazione disastrosa: ponti distrutti dalla furia delle acque e dai detriti trascinati a valle.

Molti mulini posizionati sulle rive del fiume erano stati trascinati via e distrutti dalla forza devastante della piena.

Il paesaggio era irriconoscibile. Sembrava di stare in mezzo ad un lago. Dall'acqua spuntava, qua e là, la parte superiore di qualche casa, qualche albero e, ogni tanto, in lontananza, una barca dell'esercito carica di giovani uomini increduli e smarriti che certamente avevano il pensiero rivolto, chi alla propria casa, chi alla famiglia, chi a sé stesso.

Anselmo, nella sua breve vita non aveva mai neppure sentito raccontare di simili catastrofi e ora era lì, in piedi su una lingua di terra emersa ai bordi di quella che fino ad un paio di giorni prima era la strada principale che collegava il paese alle campagne.

Con lui, in attesa del padre c'erano i suoi fratelli, Pierin e Bertin che, con la madre Duilia, avevano messo insieme poche cose, per lo più infangate, recuperate dalla casa quasi sommersa, e sistemate sopra un baldacchino per trasportarle, perché la sua famiglia non aveva un carro e neppure una bestia per tirarlo.

La loro famiglia traeva il proprio sostentamento dal lavoro come salariato del padre Iacomo che, grazie alla sua esperienza nei lavori di campo e la sua indomabile forza di volontà, era tenuto in grande considerazione dal padrone. Questi, gli assicurava il lavoro nell'arco di tutto l'anno, anche quando, nei mesi più freddi, i lavori all'aperto non bastavano ad occupare tutto il tempo della giornata. Lo impegnava, allora, come bovaro perché Iacomo conosceva bene le bestie da stalla e quello che c'era da fare quando qualcuna partoriva.

Forse, anche per questo, moglie e figli non erano rimasti troppo stupiti quando avevano iniziato a vederlo farsi avanti, lentamente con l'acqua al ginocchio, tenendo accanto un cavallo, stranamente docile.

Sembrava proprio una bella bestia, quasi tutto bianco eccetto che per una serie di macchie marrone che partiva dalle gambe per affievolirsi sempre di più verso il dorso, dove il pelo era uniformemente bianco.

Era strano vederlo mansueto perché, un paio di giorni prima, nei veloci momenti dell'inondazione, quando l'acqua aveva iniziato a salire a vista d'occhio, la maggior parte delle bestie, probabilmente avvertendo il pericolo e la novità di una situazione anomala, avevano reagito con grande terrore, al punto che ogni tentativo di metterle in salvo facendole salire sui carri disponibili, era risultato vano. Aperte le stalle e liberate le bestie dalle catene, la maggior parte di queste si era allontanata, per finire in acqua dove nuotando, si inoltravano nella grande distesa, per sparire dopo un po', stremate dallo sforzo e inghiottite dall'acqua grigio marrone.

"Guardate cosa ho trovato. Ci farà un gran comodo per il viaggio." Aveva cominciato a dire Iacomo appena fu sicuro che i familiari potessero sentire. A parte la sua voce, l'unico rumore che si sentiva era quello, ormai placato, delle acque che ancora sembravano muoversi alla ricerca di qualche antro da occupare.

"E di chi è questo cavallo?" aveva chiesto la moglie temendo per qualche debito contratto dal marito.

"Adesso è nostro. Ci ho messo un po' prima di calmarlo e mettergli la corda al collo. Dovevo stare attento a non spaventarlo e che non fosse scappato. Conosco tutte le bestie delle stalle qua attorno e questo non l'ho mai visto. Segni non ne ha. Chissà da dove è scappato. Adesso, comunque, è nostro..."

"Papà, e da mangiare hai trovato nulla?" aveva chiesto Pierin che già da un po' si lamentava per la fame.

Iacomo aveva tirato fuori da un fagottino fatto con una pezza, alcune mele piccolissime e durissime, ancora lontane da una accettabile maturazione.

"Toh, tenetevele risparmiate, però, perché non so come si mette, qua."

Stavano partendo per abbandonare quel niente che avevano perso. La casa era del padrone, come quell'unghia di terra che tenevano a mo' di orto e le quattro galline che avevano erano andate perse.

Il padrone, che Iacomo era andato ad aiutare, ancor prima di recuperare quel che si poteva dalla sua casa, gli aveva chiesto di rimanere per rimettere in piedi le sue attività, ma gli aveva anche chiesto di rinunciare al suo salario per tutta la stagione successiva, dato che aveva perso tutto.

Col cappello in mano e lo sguardo basso, Iacomo aveva risposto che, a quelle condizioni, non avrebbe avuto modo di campare, lui e la sua famiglia, e che sarebbe andato in cerca di lavoro nelle terre asciutte verso il padovano.

Era urgente e importante arrivare quanto prima in zone non allagate dove non fosse stato un problema anche solo trovare un po' d'acqua da bere.

Spostarsi in mezzo a tutta quell'acqua, dalla quale affiorava solo di tanto in tanto qualche lingua di terra, era molto pericoloso ed era una cosa da fare con molta cautela. L'acqua aveva inghiottito ogni punto di riferimento. La possibilità di essere inghiottiti da qualche buca, un fosso o una zona più bassa, era reale.

Iacomo aveva tagliato dei rami da un albero, li aveva puliti dalle foglie e li aveva consegnati, uno per ciascuno, ai suoi figli. Serviva per sondare il terreno nascosto dall'acqua torbida davanti a loro.

Il cavallo avrebbe alleggerito molto il cammino dei cinque perché tutto ciò che era possibile caricargli sul dorso era stato assicurato con qualche pezzo di corda e alcuni rami di salice come quelli usati anche per i vigneti quando era tempo di potatura.

Avevano raggiunto la strada grande per il territorio padovano. Era là che erano diretti.

Man mano che si allontanavano dall'Adige, la situazione migliorava sensibilmente. Il giorno dopo erano già arrivati in prossimità delle mura di Montagnana. Si erano sistemati in una zona ricca di alberi, una tenuta di proprietà di un convento, dove, con rami e frasche avevano costruito un veloce e approssimativo riparo.

Iacomo, dopo la sistemazione della famiglia, aveva deciso di recarsi all'osteria in centro per capire come e dove sarebbe stato possibile trovare un lavoro.

"Eccone un altro..." e con queste parole l'oste aveva già fatto capire come Iacomo non fosse il primo ad aver cercato una sistemazione arrivando dalle zone alluvionate.

"Guarda, se non è già troppo tardi, vai alla corte Scardini che là c'era da lavorare per tanti... Ma non so se con tutti gli arrivi di questi giorni la situazione è cambiata."

Dopo una breve spiegazione su come arrivare a questa corte, era tornato dove aveva lasciato la famiglia e, portando con sé il cavallo e i due figli più grandi -Bertin aveva 12 anni e Pierin 10 – era partito subito per la corte degli Scardini.

Era una zona bella e ordinata. Iacomo e i due figli erano rimasti molto colpiti dalla grande mura che recintava la parte davanti della corte. Al centro c'era un cancello di ferro imponente. Era spalancato ma, sicuramente, di notte veniva chiuso. Questi indizi parlavano di un padrone molto facoltoso e soprattutto amante dell'ordine e delle cose fatte per bene.

Questo faceva ben sperare Iacomo che godeva di buona fama proprio per i suoi sistemi di lavoro e per il suo perfezionismo. Ma quello che serviva era l'assunzione. Se non ci fosse stato più posto, tutte le capacità di Iacomo non avrebbero potuto essere dimostrate.

Stavano percorrendo la breve strada, che di lì a poco

avrebbe lasciato posto al largo selciato. Lì si svolgevano i lavori collettivi e si stendeva ad asciugare il grano prima di insaccarlo. Da sotto un portico laterale stava loro correndo incontro un uomo di grossa stazza e faccia paonazza che lasciava intendere fosse avvezzo al buon mangiare e al buon bere.

"Uhè, dove stareste andando, senza chiedere niente come se i padroni foste voi?"

"No, no," si era affrettato a scusarsi Iacomo, che aveva intuito che quell'uomo poteva ricoprire un ruolo di responsabilità nell'ambito della corte, *"stavamo cercando qualcuno a cui chiedere..."*

"Beh, è buona educazione fermarsi all'entrata e aspettare, allora." Poi, spostando l'attenzione sulla presenza anomala del cavallo, aveva chiesto.

"E questo? Siete venuti qua per venderlo? E per conto di chi?"

"No, no. Non siamo qua per venderlo. Volevamo chiedere se c'era lavoro."

"Lavoro per chi? Bestie o cristiani?"

"Per cristiani. Il cavallo è tutto quello che abbiamo. La piena ci ha portato via tutto."

"Ah, sì? E il cavallo sarebbe vostro? Siete morti di fame e

il cavallo sarebbe vostro? Dai, dai... Dite la verità. Avete approfittato della confusione là, dalle vostre parti e l'avete portato via a qualcuno."

"No signore, ce lo ha dato il nostro padrone come paga per il lavoro che non aveva modo di pagarci altrimenti." Aveva improvvisato Iacomo, cercando di sembrare il più possibile credibile.

"Sì, sì, come no... erano forse trent'anni che non vi pagava?" Poi, dato che aveva già parlato troppo con dei foresti rispetto a quanto sarebbe stato disposto fare, aveva aggiunto

"Di lavoro per le bestie ce n'è, ma per i cristiani no. Con tutti i poveracci che sono arrivati dalle zone della piena, qua abbiano assunto anche più del necessario. Per voi, dipende da cosa volete fare con quel cavallo..."

Iacomo aveva colto come un'opportunità insperata l'interesse del preposto per il cavallo. Evidentemente una bella bestia come quella avrebbe fatto comodo per i lavori nei campi.

"Abbiamo perso tutto, fuorché il cavallo e la voglia di lavorare. Se ci date una sistemazione vi mettiamo a disposizione entrambe le cose."

Il gastaldo doveva valutare quanta convenienza ci fosse nell'accettare quella proposta.

"Immagino che la vostra famiglia non sia tutta qua. In quanti siete in grado di lavorare come si deve?"

"A parte questi due, ho un altro figlio di sette anni e mia moglie che è in salute e lavora come un uomo."

Il gastaldo sembrò squadrare Bertin e Pierin per valutarne la resistenza al lavoro. Iacomo, quasi a voler pilotare l'opinione dell'uomo, aveva detto due parole

"Sono bravi." Avrebbe voluto dire tanto altro, che i suoi figli erano volenterosi e lavoratori. Cha a guadagnarsi il pane l'avevano imparato presto, perché è così che un genitore deve insegnare ai figli. E che non si lamentavano neanche quando avevano fame perché aveva insegnato loro a mettersi un sasso in bocca per succhiarlo, oppure a rompere un rametto da una pianta per rosicchiarlo lentamente, come fosse una cosa buonissima da mangiare lentamente perché non finisca troppo presto.

"Questi qua sono sacchi bucati." Pensava a voce alta il gastaldo, alludendo al fatto che a quell'età – Bertin aveva dodici anni e Pierin dieci - i ragazzi hanno sempre fame.

Ma il gastaldo stava già immaginando in quanti lavori sarebbe stato utile il cavallo e il padrone gli avrebbe fatto i complimenti per l'assunzione.

In seguito, con un pretesto qualsiasi, sarebbe stato facile far diventare il cavallo proprietà della corte.

"Presentatevi domattina che vi troviamo una sistemazione. Ma ve lo dico subito, che sia chiaro: qua si riga dritto e si lavora sodo. Uomini e donne, grandi e piccoli, bestie e padroni delle bestie."

Iacomo non aveva fatto in tempo a ringraziarlo che il gastaldo si era già allontanato sbraitando in direzione di una donna che stava stendendo dei panni su una corda tesa sotto il portico *"Maledetta insulsa, tira via tutto subito che deve arrivare un carro di fieno che si deve mettere lì per essere scaricato. Sempre a farmi dannare... Ah, che vado in Paradiso, sì..."*

Iacomo con un sorriso ebete aveva cercato di far intendere ai figli la sua soddisfazione e il suo orgoglio per aver trovato così in fretta la soluzione per sistemare la famiglia. E aveva dimostrato di non essere tanto abituato a sorridere perché i figli preoccupati gli avevano chiesto se si sentiva bene.

Si era accorto di non sapere il nome del gastaldo. Ne aveva intuito il ruolo ma non aveva avuto il coraggio di chiedergli il nome. Uscendo dalla corte, si dovettero spostare perché dal grande portone stava entrando un carro pieno di fieno trainato da un indifferente mulo. Talmente indifferente che neppure i frequenti e forti colpi che il contadino che lo stava conducendo, gli scaricava con veemenza sul posteriore sortivano effetto.

Approfittando di una fermata del mulo Iacomo aveva

chiesto, indicandolo *"Come si chiama il gastaldo di questa corte? Quello là in fondo..."*

"Quello? Sì, è il gastaldo. Stateci attenti a come gli parlate e a quello che potrebbe sentirvi dire, perché è la spia e il ruffiano del padrone. Come si chiama? Tutti lo chiamano Capi."

Iacomo, inizialmente aveva pensato che quel nome fosse una storpiatura del termine "Capo", ma dopo qualche tempo di permanenza nella corte aveva capito che il termine "Capi" gli era stato dato perché, per ogni virgola fuori posto che avesse riscontrato, puntualmente, entro il giorno dopo, il responsabile veniva "Chiamato a Capitolo" dal padrone. Ovvero, era chiamato a dare spiegazioni sull'accaduto o sul fatto che lo riguardava. E succedeva spesso che il malcapitato venisse punito o allontanato.

DALLE ACQUE

L'incidente

Erano passati tre anni da quando Iacomo e la sua famiglia erano stati accolti nella corte Scardini. Abitavano in una casa, una delle tante, che si affacciava sul portico di fronte al grande spiazzo. Era un unico ambiente dove, ad una certa altezza erano state fissate delle travi sulle quali poggiavano delle tavole che costituivano il pavimento del piano rialzato. Vi si accedeva con una scala ripida, poco più di una scala a pioli. Aveva una larghezza maggiore rispetto la scala che i contadini usavano per salire in fienile: i pioli erano stati sostituiti da tavolette che ne facilitavano l'uso e, lateralmente, era stato fissato un palo diritto, a mo' di corrimano che dava una parvenza di sicurezza.

Al piano inferiore c'era un grande camino, a ridosso di un muro di un nero intenso, che si schiariva poi, lasciando intravedere, sempre più nitidamente i mattoni consumati e tenuti insieme da malta talmente sabbiosa che si sbriciolava solo a toccarla. Al centro della camera c'era il tavolaccio, la cui struttura era in legno tenero, molto gradito anche al tarlo. Aveva il piano in abete che presentava avvallamenti e fessure riempitesi, nel tempo, di varia sporcizia. La testa di qualche chiodo, lisciata e smussata dal tempo, emergeva dalla struttura.

Attorno al tavolaccio erano sistemate due sedie con il fondo di paglia intrecciata ma, inevitabilmente sfilacciata, alle quali si aggiungevano per la comodità di ognuno, un paio di sgabelli che Iacomo aveva assemblato con un paziente lavoro di intaglio e di fissaggio con robusti paletti.

Aveva imparato a farlo osservando con attenzione *Il caregheta* - così veniva chiamato quello che, di tanto in tanto passava per le corti a sistemare le sedie in cattive condizioni - quando esercitava il suo lavoro, seduto su un piccolo sgabello, utilizzando diversi attrezzi e materiali che conservava dentro un grande borsone.

A sua volta, Iacomo ne aveva spiegato il procedimento ai figli che, di lì a poco, avrebbero realizzato un'utile panca grazie alla tecnica appresa.

Il padrone aveva concesso loro anche una piccola stalla per il cavallo e un soppalco sopra quello spazio era adibito a fienile. Così, risultava molto comodo attingervi per dare da mangiare alla bestia, dopo averla pulita.

Iacomo aveva una passione per le bestie, in particolar modo per i cavalli. Considerava una gran fortuna l'avere trovato *Falco* - così l'aveva chiamato – perché grazie ad esso aveva trovato una sistemazione immediata per sé e la sua famiglia.

Erano passati tre anni e avevano avuto un'abitazione e il necessario per vivere senza patire la fame, ma per il resto, non avevano ancora avuto modo di avanzare di che comprarsi una capretta per avere un po' di latte e magari qualche formaggetta. Erano stati tre anni da salariato. Formalmente il lavoro di Iacomo si svolgeva sui campi, ma a sera, quando tornava, controllava e governava le stalle, anche se durante il giorno c'era già il bovaro che provvedeva alla distribuzione del fieno e alla pulizia delle bestie. A parte questo, in modo del tutto informale, Iacomo dava delle indicazioni per tenere maggiormente in ordine le bestie. Da quando c'era lui, il padrone ne andava fiero e, tra tutti i padroni della zona, la sua conduzione della stalla era diventata un esempio da seguire.

Quando qualcuno assumeva un nuovo bovaro, la raccomandazione era: *"Voglio che le stalle siano perfette come quelle di Scardini"* oppure *"Non ci dev'essere una paglia fuori posto, proprio come da Scardini."*

La stagione volgeva a termine e a novembre si sarebbero rinnovati i contratti.

Il San Martino di quell'anno era molto importante perché Iacomo aveva buone argomentazioni per chiedere un miglior trattamento per sé e la sua famiglia. Giudicava che finalmente i tempi fossero maturi.

Fino ad allora un salario spettava solo a lui, anche se il cavallo era comunemente adibito a lavori per conto del padrone. I figli, Bertin e Pierin, lavoravano nei campi, forse non completamente alla pari di un adulto, ma con notevole resistenza e caparbietà ed erano ricompensati solo con qualcosa di relativamente utile all'economia familiare come, ad esempio, una fascina per il fuoco o qualche ortaggio da mettere in tavola accanto alla polenta. Sua moglie Duilia badava agli animali da cortile delle varie famiglie della corte che, impegnate nei campi, non avrebbero potuto farlo, e aveva in cura alcuni bambini troppo piccoli per seguire i propri genitori nei campi o per rimanere a casa senza un adulto che li controllasse.

Anselmo, che aveva compiuto i dieci anni, si rendeva utile in mille faccende, dimostrandosi volenteroso ed instancabile.

Sì, Iacomo aveva pensato e ripensato alla proposta che avrebbe fatto al padrone dopo averlo servito bene fin dal suo arrivo alla corte. Ora, la sua famiglia aveva braccia da lavoro sufficienti per prendere a mezzadria alcuni campi.

La possibilità che il padrone accettasse era legata al fatto che non rinnovasse uno dei contratti in essere con qualche altra famiglia della corte – in quel caso Iacomo avrebbe acquisito dei campi tenuti a mezzadria da altri contadini – o che padron Scardini si fosse privato di alcuni terreni che fino a quel momento erano di sua piena proprietà e lavorati da salariati.

In ogni caso, Iacomo sapeva che non si trattava di una passeggiata perché, qualora avesse rilevato dei campi da precedenti conduttori, avrebbe avuto in continuazione l'assillo del confronto con i raccolti fatti prima. Se fosse stata accettata la seconda ipotesi, ovvero che il padrone gli avesse affidato dei terreni che fino ad allora non erano a mezzadria, sicuramente la scelta sarebbe ricaduta sulle terre meno generose. Nulla di nuovo rispetto a quelle che erano le usanze ma, nonostante questo, Iacomo era certo di poter dare una svolta in meglio alla propria condizione.

I raccolti di quell'anno erano stati sufficientemente buoni e il bel tempo aveva permesso di completarli nel migliore dei modi. All'inizio di ottobre vi furono parecchie piogge che favorirono la crescita abbondante di erba da fieno. I fienili erano capienti e quei raccolti insperati erano risultati certamente graditi al padrone.

La difficoltà consisteva nel dare una buona essiccazione al fieno prima di sistemarlo in fienile.

L'ultimo di questi insperati raccolti era stato asciugato per bene nei campi e, prima dell'arrivo di annunciate piogge, era necessario raccoglierlo, caricarlo nei carri e portarlo al riparo sotto i portici della corte da dove, poi, sarebbe stato sistemato nei fienili.

Quest'ultimo raccolto era risultato particolarmente abbondante e, quando era stato sistemato nel carro, il fieno aveva raggiunto una notevole altezza.

I due buoi che tiravano il carro erano in grande difficoltà perché le piogge dei giorni precedenti avevano ammorbidito la terra battuta della capezzagna. I tanti carri che vi avevano transitato avevano scavato profondi solchi che ora rendevano particolarmente accidentato il passaggio.

Era quasi sera, anzi, sembrava sera più di quanto non fosse a causa di nuvoloni carichi di pioggia che oscuravano il cielo. Era urgente portare il carico di fieno dai campi alla corte, ma era altrettanto importante non provocare danni alle ruote del carro che, per via del peso del carico e la sconnessione del terreno avrebbero potuto cedere.

Iacomo e i suoi figli giravano con estrema agitazione attorno al carro e lanciavano indicazioni per Otto, il contadino che cercava di governare il compito dei buoi.

"Dagli un colpo, tirati a destra… Avanti piano."

Rompere una ruota in quella situazione avrebbe significato un disastro. Sarebbe stato necessario scaricare tutto il fieno e procedere alla riparazione in condizioni disagiate, sempre che non fosse stato necessario tirare il carretto senza ruota fino alla corte per una riparazione più complessa.

Intanto, aveva iniziato a piovere e le ruote, ma soprattutto gli zoccoli dei buoi, facevano sempre meno attrito sul terreno e sull'erba bagnata. Il carro si era affossato in una specie di buca e sembrava che non ci fosse verso di farlo uscire.

La pioggia, diventata molto consistente, rendeva tutto più difficile.

"...che qua non ti lascio ...che qua non ti lascio..." continuava a ripetere Iacomo, quasi a propiziare un'idea, una soluzione, un miracolo...

"Butta giù un po' di fieno dal carro." aveva comandato a Bertin con l'intento di metterlo davanti le ruote per dare consistenza alla fanghiglia che le faceva inesorabilmente slittare.

Una bella bracciata era stata messa davanti a ciascuna ruota e un altrettanto buona quantità davanti le zampe dei buoi. Ma il fieno si era presto impastato con il fango e il tentativo si era rivelato vano.

"Pierin, va a casa e fatti dare una fascina di rami e tralci abbastanza grossi, dai, che proviamo con quelli. Svelto!" al comando del padre il ragazzo era scattato verso la corte. Pensava che una fascina era la sua paga di un giorno di lavoro. Utilizzarla per sbloccare il carro era un bel sacrificio, ma aveva capito che riuscire a portare in corte quel carico di fieno aveva una grande importanza.

A casa, Pierin si era fiondato nel fienile dove c'erano le fascine per il fuoco e ne aveva presa una di quelle particolarmente grosse. Senza fermarsi aveva messo al corrente la madre della situazione ed era ripartito sotto la pioggia senza sentire la madre che lo rincorreva, non con le gambe, ma con la voce *"Ma sei tutto bagnato... Vi prenderete qualcosa!"*

Pierin, ormai lontano, rispondeva alla madre solo col pensiero *"Sì, come no. Ci prendiamo qualcosa sì, ma dal padrone, se non portiamo a casa tutto. Mica possiamo lasciare là carro, bestie e fieno..."*

Il tentativo di trovare una soluzione con la fascina di rami che aveva portato Pierin non suscitava molte speranze di riuscita. Era servita, tutt'al più, a rendere ancor più profondo l'avvallamento nel quale erano imprigionate le ruote.

Gli uomini avevano provato a costruire un letto di rami proprio davanti le ruote, ma le buche erano talmente profonde che non davano un solo accenno di fare presa su questa superficie più solida. Inoltre, le buche erano ormai piene d'acqua e risultava molto difficoltoso anche solo stabilire se i rami fossero stati posizionati bene. Il tentativo fu presto dichiarato fallito e tutti ricominciarono a girare attorno al carro in cerca di una illuminazione che non arrivava.

Niente: sembrava non ci fosse niente da fare.

Proprio in prossimità della discussione sui contratti... Non ci voleva. Un lavoro condotto male era di certo una di quelle cose che pesano sulla valutazione di un lavoratore. E le cose, in quel momento, non sembravano mettersi per il meglio.

Più la soluzione di quel problema si allontanava, più diminuivano le possibilità che le richieste di Iacomo fossero accolte totalmente dal padrone.

Il padrone aveva speso del denaro per il salario dei contadini che avevano lavorato su quell'ultimo e insperato raccolto. Ora, nella migliore delle ipotesi, il carico di fieno poteva essere portato in corte dove sarebbe stata tolta la parte superiore del carico che aveva preso la pioggia e sarebbe stata fatta essiccare nello spiazzo centrale. Certamente il padrone non avrebbe accettato di pagare questo lavoro extra che sarebbe stato svolto dalla famiglia di Iacomo gratuitamente. Ma anche quella soluzione non sembrava un risultato scontato. Il carro non voleva saperne di uscire dal profondo avvallamento in cui erano sprofondate le ruote. I buoi non riuscivano a fare forza sul terreno che, sotto di loro era diventato poltiglia sulla quale, di tanto in tanto si accasciavano per risollevarsi, ogni volta più faticosamente.

Intanto, alla corte, Duilia aveva sparso la voce tra gli uomini che erano già tornati dal lavoro e, di lì a poco, tre di loro erano partiti, portandosi appresso alcune vanghe.

Alla loro testa, Duilia li aveva condotti fino al carro impantanato. Si era coperta la testa con uno scialle che ben presto si era completamente inzuppato d'acqua.

Iacomo, nel vederla completamente bagnata aveva avuto un moto di rabbia.

"Cosa sei venuta a fare? Non bastavamo noi a dibatterci in questo fango come maiali?"

Duilia, vedendo il carro sprofondato nel fango, tanto che l'asse delle ruote era appoggiato a terra, per dare un senso alla sua presenza, con tono risoluto aveva indicato l'unica soluzione possibile

"Adesso scaricate tutto il fieno e portate a casa carro e buoi, e alla malora il fieno"

Se non fossero seguite splendide giornate di sole, magari ventilate, a far asciugare per bene il fieno, tutto il carico sarebbe andato effettivamente in malora, marcendo senza asciugare e riempendosi di muffa. Ma, anche per tutti gli uomini presenti, quella sembrò essere l'unica soluzione possibile.

Il fieno era stato scaricato da un lato del carro, cercando di fare un mucchio affinché non si bagnasse tutto.

Poi, tra tutti gli uomini, non fu difficile sollevare di peso il carro vuoto e farlo trainare alla corte dai buoi.

Carro, bestie e uomini erano in condizioni pietose. I contadini, completamente bagnati e infangati, prima di pensare a sé stessi, avevano pulito, come meglio era stato possibile, le due bestie e il carro perché le loro condizioni avrebbero molto influenzato il giudizio su tutta la vicenda da parte del gastaldo e del padrone.

Il giorno seguente aveva continuato a cadere una pioggia incessante e Iacomo non sapeva se questo avrebbe avuto una connotazione positiva o negativa.

Il tempo inclemente aveva posticipato il confronto con il padrone e aveva dato tempo agli uomini di ripulire per bene, rimettendole in forza, le due bestie che tanto si erano dannate. Anche il carro era stato ripulito in ogni sua parte, e nessuno avrebbe immaginato le condizioni in cui si trovava appena il giorno prima.

Il fatto negativo del perdurare del maltempo era che il fieno buttato giù dal carro sarebbe certamente marcito a causa di tutta l'acqua presa.

Le giornate di pioggia erano considerate, soprattutto dai ragazzi, come occasione di riposo. Non che mancassero le occasioni per svolgere lavori al coperto, ma si trattava sempre di incombenze meno pesanti rispetto il lavoro nei campi.

Duilia aveva lavato i capi infangati dei figli e del marito e li aveva messi ad asciugare davanti allo stentato fuoco del caminetto di casa.

Quella del giorno prima era stata una giornata impegnativa anche per lei. O, perlomeno, cercava di convincersi di questo perché avvertiva una insolita debolezza. Inoltre, la tosse che già la tormentava da qualche giorno, era diventata più insistente. Avvertiva un dolore acuto, come se fosse stata trafitta da tanti spilli, ad ogni colpo di tosse.

Iacomo, in quei giorni di pioggia, passava molto tempo nelle stalle, e ne approfittava per interessare e trasmettere le sue conoscenze ai figli.

Ovviamente, una particolare cura era riservata a Falco, il cavallo che aveva segnato la svolta nella vita della famiglia. Grazie a quel cavallo la famiglia aveva potuto abbandonare agevolmente le terre allagate dove tutto era andato perduto e, grazie alla sua presenza, avevano trovato una sistemazione e un lavoro in una delle corti più grandi del Montagnanese.

"Quanti anni ha?" aveva chiesto Anselmo a suo padre

"Mah, ne avrà tra i dieci e i dodici. Lo vedi dai denti, che dopo una certa età cominciano a inclinarsi, e poi da quanto è curva la schiena. Più un cavallo è vecchio e più ha la schiena curva."

"La sua schiena non è tanto curva. Vuol dire che vivrà ancora tanti anni?"

"Ah, sì... farai tempo a sposarti che sarà ancora qua in stalla. Magari sarà un po' malandato, ma per qualche lavoretto sarà ancora utile."

"*Ma non gli fa male quando gli montiamo in groppa?*"

"*Ma no, un cavallo se ne accorge appena quando ha in groppa un cristiano.*"

"*Quand'è che mi farai fare una galoppata come fanno Pierin e Bertin?*"

"*Ah, per adesso non ci pensare. Sarà per la prossima primavera, quando ricominceremo a portarlo fuori. Adesso, è meglio che stia dentro in stalla che fuori è freddo e per terra è scivoloso.*"

"*Ma il cavallo del dottore, quello corre fuori anche d'inverno...*"

"*Ma se gli muore il cavallo al dottore, quello se ne compra subito un altro. Noi, invece, se perdiamo Falco, abbiamo perso tutto.*"

"*Papà, è stata proprio una fortuna che l'abbiamo incontrato, vero?*"

"*Ah, sì: una delle poche fortune della nostra famiglia!*"

Dal portone della stalla il bovaro li stava chiamando animatamente

"*Sta arrivando il Capi. È già qua.*"

Iacomo sapeva che quel momento sarebbe arrivato presto. Chissà che piega avrebbe preso il discorso... In ogni caso, era meglio che i ragazzi non ci fossero.

"Anselmo, corri a casa e dai una mano a tua madre che non sta molto bene. E chiama anche i tuoi fratelli che sistemino il fienile rimettendo a posto tutte le fascine. Corri!"

Il gastaldo aveva lasciato fuori dal portone, sotto il portico, il grande ombrello di tela – uno di quelli che i poveracci non potevano permettersi – e si dirigeva sicuro verso Iacomo.

Ancor prima di averlo raggiunto, aveva iniziato con il suo tono autoritario e minaccioso

"Cosa mi avete combinato? Cosa mi avete combinato? Santa Maria del Rosario, ma volete farmi morire? Ma come si fa? Ma come si fa?" ripeteva ogni frase per essere certo che ogni sua parola fosse compresa, e per dare più forza al suo discorso.

"E adesso, chi paga? E adesso, chi paga? Tu eri il più anziano ed era stato comandato a te di portare a casa il fieno. Ormai è tutto perso. Io non so come andrà a finire, ma stai sicuro che presto il padrone ti chiamerà a capitolo!"

Eccolo, pensava Iacomo, meritati il nomignolo. Va a raccontarla a modo tuo al padrone. Ci godi proprio tanto a terrorizzare la povera gente quando dici che il padrone vi chiamerà a capitolo, vero Capi?

"Ho sempre cercato di fare le cose per bene. Il padrone non può dimenticarlo." aveva detto Iacomo facendo intuire al Capi di non essere rimasto intimorito. Questo non era piaciuto al gastaldo che, ovviamente, doveva avere l'ultima parola.

"Ah, io non dico niente... è il padrone che decide!"

Sì, come no – continuava a pensare tra sé e sé Iacomo – decide lui, ma su quello che gli racconti tu, maledetta spia.

Anselmo non aveva mai visto sua madre così. Seduta sullo sgabello tra le due sedie sulle quali erano stesi i panni lavati ad asciugare davanti al camino. Con le mani protese a raccogliere quel po' di calore dal pallido fuoco e la fronte imperlata di sudore, sua madre sembrava davvero sofferente. Sicuro, non l'aveva mai vista così, seduta in momenti che non fossero quelli a tavola per mangiare.

Ogni tanto era scossa da violenti colpi di tosse che sembravano procurargli grande dolore. Il vecchio pitale che teneva accanto gli serviva per espettorare dopo ogni attacco di tosse. Evidenti tracce rosse sul catarro aggiungevano angoscia al dolore.

Non sapendo come affrontare la situazione, Anselmo era corso al fienile dove i suoi fratelli stavano sistemando le fascine ed ammucchiando il fieno, per metterli al corrente delle condizioni della madre, cercando, in cuor suo, di ottenere un giudizio che potesse in qualche modo tranquillizzarlo. Ma la stessa sua preoccupazione l'aveva letta anche negli occhi dei fratelli, che tuttavia, essendo più grandi, avrebbero cercato di comportarsi responsabilmente dando a vedere di sapere esattamente cosa fare.

"Dai, mamma, ti aiutiamo ad andare a letto e domani starai meglio. Andiamo a prendere un po' di latte dalla Assunta, lo facciamo bollire e te ne portiamo una scodella. Vedrai che con un buon latte caldo domani starai meglio."

Era il primo rimedio che era venuto in mente ai ragazzi. Un rimedio che spesso sua madre aveva adottato per loro quando avevano la fronte che scottava e non riuscivano a respirare per il catarro. Avrebbe funzionato certamente. Anche sua madre poteva permettersi il lusso di ammalarsi ogni tanto.

La malattia veniva vista quasi come una vacanza, una pausa dal lavoro. Per i contadini, ammalarsi era un lusso. Ma bisognava che fosse qualcosa di molto evidente e marcato, perché altrimenti si correva il rischio di dover andare al lavoro anche se non ci si sentiva molto bene.

La mattina dopo, Duilia sembrava non avere la febbre, ma si sentiva talmente spossata che anche le parole dovevano arrampicarsi faticosamente dai polmoni per uscire dalla bocca.

"Bisogna andare a chiamare il dottore" aveva detto

Iacomo, visibilmente preoccupato.

Duilia era l'unica donna di casa. I suoi figli erano ancora lontani dall'età di prender moglie e... ma non voleva neppure pensarci. Aveva cercato di deviare i suoi pensieri verso qualcosa di diverso. Quel giorno, forse, il padrone sarebbe arrivato alla corte e lo avrebbe chiamato a capitolo. Pur essendo molto preoccupato per la decisione che avrebbe preso il Sior Scardini, lo stato d'angoscia maggiore era dovuto alle condizioni di sua moglie.

"Io non posso allontanarmi perché forse mi verrà a cercare il padrone. Tu, Bertin, prendi Falco e vai a chiamare il dottore. Te lo ricordi dov'è, vero? "

A Bertin non sembrava vero che suo padre gli ordinasse, addirittura, di cavalcare il cavallo. Quante volte glie lo aveva chiesto inutilmente e quanto poche erano state le occasioni nelle quali Iacomo aveva acconsentito.

"Ma mi raccomando, vai piano che tanto non ci metti molto ad arrivare."

Bertin sapeva come preparare il cavallo. Dopo avergli sistemato il morso e le redini, gli aveva appoggiato una vecchia coperta sulla schiena e poi la sgangherata sella che era anche l'unica a disposizione.

Poi, era salito in groppa ed era partito lentamente. Aveva smesso di piovere, ma, come dicevano i più vecchi, le terre non ne potevano e non ne volevano più, tant'è che la capezzagna era totalmente invasa dall'acqua eccetto la parte centrale, ovvero quella che non viene mai calpestata dai buoi e dalle ruote dei carri.

Conducendolo con calma, Bertin era molto attento a mantenere il cavallo nella parte erbosa centrale.

Man mano che procedeva, provava sempre maggiore sintonia con Falco. Aveva capito come piccole mosse delle redini fossero recepite e subito interpretate secondo i suoi desideri, dal cavallo.

Senza voler dimenticare le raccomandazioni di suo padre – il motivo di quel viaggio era molto importante e non poteva permettersi di svolgere male il suo compito – aveva aumentato di un po' l'andatura e ora il cavallo andava ad una velocità che per Bertin era tutta nuova, seppur ancora lontana da quella che Falco avrebbe potuto raggiungere.

Si era lasciato alle spalle la corte già da un po' e, in lontananza cominciava a vedere il mucchio di fieno che due giorni prima era stato scaricato per liberare il carro dal fango.

Il mucchio di fieno si ergeva in un avvallamento del terreno completamente allagato. Bertin, volgendovi lo sguardo, cercava di capire quale fosse l'altezza dell'acqua dalla quale emergeva, simile ad una disabitata isola, tutto il fieno. Nel fare questo, non si era accorto che il cavallo era giunto, a discreta velocità, nel punto in cui il terreno, calpestato dai disperati tentativi dei buoi di tirare fuori il carro dal fango, era diventato una grande poltiglia. Falco, poco abituato a correre sull'erba, e ancor meno su terreni fangosi, era scivolato malamente e, nel tentativo di non cadere aveva fatto un altro paio di passi sbilenchi andando a finire con una zampa dentro la profonda buca lasciata da una delle ruote. La buca era piena d'acqua e la zampa sinistra del cavallo vi si era infilata innescando una rovinosa caduta. Falco, con un nitrito terrorizzato era caduto col muso in avanti e Bertin era finito per terra poco più avanti, proprio dentro una grande pozza d'acqua. Per lui, la caduta non era stata particolarmente violenta perché il cavallo, piantando il muso sul fango, aveva fatto quasi da scivolo naturale per l'inaspettata fine della corsa.

Bagnato e infangato, Bertin era corso vicino al cavallo, ancora a terra, e prendendo le briglie aveva cercato di rimetterlo in piedi. Ben presto, però, si era accorto dell'innaturale posizione della zampa che il cavallo aveva infilato nella buca: era certamente rotta e nessuno avrebbe potuto rimettere in piedi il cavallo.

Ora, Falco era stranamente calmo. Il muso immerso per metà nel fango. L'unico rumore era il respiro del cavallo e i singhiozzi soffocati di Bertin.

Il Capi, appena arrivato aveva cominciato a chiamare a gran voce Iacomo. Sapeva benissimo dove trovarlo, ma, quale occasione migliore per fare un po' di scena? Tutti i lavoratori della corte erano nei paraggi dato che il brutto tempo non aveva permesso in quei giorni di uscire sui campi.

"Iacomo, Iacomo Rostin, a capitolo dal padrone!" ed era talmente tanta la sua soddisfazione nello svolgere quell'amato compito, che neppure quando Iacomo era uscito dalla stalla e gli si era parato davanti, non aveva smesso di chiamare *"Iacomoooo: a capitolo!"*

"Son qua. Son qua!"

Sanguisuga, ci godi, eh? – pensava tra sé e sé Iacomo, che proprio non sopportava il Capi - Chissà come glie l'ha raccontata al padrone... adesso lo scopriremo. Maledetta spia.

Il padrone era solito parlare di affari in una stanzetta che dava sulla corte e aveva la porta e una finestra appena fuori dal porticato. C'era una scrivania con una sedia e, di lato, una specie di scaffale basso dove erano sistemate diverse carte e altre cose alla rinfusa.

Quando si entrava, il gastaldo indicava a chi era stato chiamato a capitolo *"Mettiti lì, in piedi."* E gli mancava solo la bacchetta per sistemare, giusto giusto al suo posto, il malcapitato di turno. La disposizione dei mobili era strana, o forse era stata voluta appositamente così. Il padrone stava seduto alla scrivania con la finestra alle spalle. Controluce, soprattutto nelle giornate luminose, questa posizione impediva di vedere l'espressione del padrone e sembrava di stare ad ascoltare e di parlare con un'ombra. Questo aveva spiazzato un po' Iacomo che era solito interpretare ciò che traspariva dal volto del suo interlocutore per adeguare il suo atteggiamento e le sue parole a chi gli era di fronte.

"Oh, eccoci qua." Aveva iniziato il padrone. *"Mi dicono che ci sono stati dei problemi con l'ultimo raccolto del fieno. Siccome una campana l'ho già sentita, adesso vorrei sentirne un'altra."*

L'attenzione, la tensione e la concentrazione di Iacomo erano uscite da lui e avevano invaso ogni angolo di quello stanzino per captare e interpretare la situazione e farlo uscire vincitore da quel confronto, o almeno vivo.

In quel momento Iacomo aveva visto, dalla finestra alle spalle del padrone, arrivare in corte Bertin, a piedi e tutto bagnato. Era stato difficile rimanere impassibile. Ma Iacomo era rimasto lì. Ed era rimasto lì da solo, perché l'attenzione, la tensione e la concentrazione erano uscite dalla stanza, per andare da Bertin.

"Allora? Hai niente da dire?" aveva chiesto il padrone con una voce che a Iacomo sembrava arrivare da molto lontano.

"Cosa vuole che le dica... Avrà saputo cosa è successo. Abbiamo fatto di tutto per portare in corte il fieno ma il carro

si è piantato."

"Tu lo sai che ci ho rimesso dei soldi, vero?"

"Lo so, lo so, sior padrone. Ma mi creda. Noialtri non abbiamo neanche le lacrime da piangere, sennò non saremmo qua a disperarci e lagnarci, e i suoi salariati li avremmo già sistemati. Io vorrei sistemare tutto, ma non ho niente."

"Beh... hai due buone braccia e tre figli in età da lavoro, e poi un bel cavallo."

'Andiamo, andiamo... sputa il rospo, maledetto. Che hai già tutto in mente senza bisogno di sentire altre storie...'

Intanto, Bertin aveva raggiunto i suoi fratelli. Insieme si erano portati al limitare del portico, di fronte la porta della saletta dove suo padre era a capitolo al padrone. Stavano aspettando che uscisse per decidere il da farsi.

"Allora, io ti propongo questa soluzione. E maledetto me che sono troppo buono: dopo me ne pentirò, lo so." La premessa del padrone non era credibile per nessuno.

'Come no, figuriamoci se tu proponi qualcosa che non sia a tuo vantaggio. Gran bugiardo.'

"A quelli che hanno lavorato al carico di fieno il salario lo dovresti pagare tu. Sarebbe toccato a me e io l'avrei pagato con il frutto del raccolto. Ma il raccolto tu me l'hai fatto

perdere. E allora, con che cosa posso pagare io?"

'Maledetto, – continuava a pensare Iacomo, tenendo ben celate le sue emozioni da un'espressione contrita – ma senti che discorsi. Come se ti mancasse il denaro...'

"E tu, e tu con che cosa potresti pagarli? Che non sei neanche padrone delle braghe che porti?"

Questo era vero, e padron Scardini non aveva esitato a rinfacciarglielo. Tutte le braghe della famiglia erano ancora stese ad asciugare sulle sedie davanti al fuoco che, seppur con difficoltà, in assenza della madre, Anselmo aveva badato a non far spegnere. Iacomo aveva indossato i pantaloni che Duilia aveva avuto in cambio di una *quarta* di farina dalla Maria Stenta, che era rimasta vedova qualche tempo prima e non aveva figli maschi.

"Allora senti cosa ho pensato io per il tuo bene..."

'Occhio che qua arriva la fregatura...'

"I salariati li pago io e, visto come sono andate le cose, glie la faccio capire bene che non posso pagarli per intero. Così li pagheremo il minimo. Ma, visto che a pagarli tocca a te, avevo pensato di aiutarti, che mi devi solo ringraziare..."

'Sì, sì, parti col dire li pago io, poi li pagheremo, e subito dopo che a pagarli tocca a te. Marciume di uomo!'

"Sappiamo bene che tu hai avuto lavoro qua in corte

anche se non ce n'era bisogno, ma, diciamocelo: a me piace fare del bene e quando qualcuno è nel bisogno, se posso, lo aiuto volentieri."

'Ma raccontala giusta, ballonaro.'

"Quando il gastaldo mi ha raccontato che eravate venuti via dall'inondazione e che avevate perso tutto, ho sentito subito il bisogno di aiutarvi. E poi, il gastaldo mi dice che avete un cavallo... Ma povera bestia, ho pensato, se questi non hanno un boccone di pane neppure per loro stessi, come fanno a mantenere un cavallo? E allora, con qualche lavoro extra, non hai mai fatto mancare la polenta alla tua famiglia e il fieno al cavallo."

'Ecco dove vuoi arrivare. Al cavallo...'

"Io faccio uno sforzo e ti compro il cavallo, ma tu mi devi venire incontro. Ti pago i salariati e ti do due sacchi di farina e un quarto di maiale... e vi tengo qua a lavorare. A te, nonostante me l'hai fatta grossa, continuo a pagarti, ma i tuoi figli, solo se ne avanza..."

'E io che volevo fare un passo avanti, chiedendo una mezzadria... mi ritrovo alle stesse condizioni e senza cavallo. E i figli ancora a lavorare per niente...'

"Sei contento che facciamo così? Sarai contento che ti ho trovato una soluzione che non ti mette su una strada, no? Perché io voglio che si dica dappertutto che il miglior padrone del montagnanese è il sior Scardini. Tutti quanti lo

devono dire."

"Cosa vuole che le dica, padrone. Se è fatto bene così, sarà giusto così."

"Oh, bravo: vedi che capisci? È, o non è, la soluzione di tutto? Tra un po' di tempo avremo dimenticato questa brutta vicenda e staremo tutti meglio di prima."

Con un gesto della mano, il padrone metteva fine alla sua chiamata a capitolo. *"Va, va adesso: e diglielo anche al bovaro che il cavallo adesso è mio, che sappia come trattarlo..."*

Appena uscito dalla porta, nel vedere i suoi ragazzi praticamente in lacrime gli aveva fatto correre il pensiero immediatamente alla moglie che era rimasta a casa in attesa che Bertin tornasse col dottore.

"Beh, cosa c'è. Cosa fate qua? Cosa è successo?"

Per quanto nessuno avesse il coraggio di rispondere, toccava a Bertin informare il padre della sventura che riguardava il cavallo

"Si è rotto una gamba, papà. Falco è caduto e si è rotto una gamba!"

Iacomo avrebbe preferito sentire che si era rotto una gamba uno dei suoi figli, perché in qualche maniera, bene o male la gamba di un cristiano si aggiusta. Quella di un cavallo no.

Sperava, in cuor suo, che la cosa non fosse vera, che fosse stata una sbagliata interpretazione perché il cavallo tardava a rimettersi in piedi.

Ma se fosse stato vero, era la fine. La fine del cavallo e l'annullamento di tutte le conclusioni tratte nel capitolo di poco prima. Perché, il valore di un cavallo vivo non ha niente a che fare con quello di uno morto.

Scardini non avrebbe impiegato molto a capire cosa era successo. Era rimasto nella sua stanza a fumare beatamente il sigaro, sicuro di aver fatto un buon affare dettando condizioni buone solo per lui.

Chissà se, appresa la notizia si sarebbe comportato coerentemente a come amava vantarsi di essere. Generoso e migliore di tutti gli altri padroni della zona.

"Andiamo tutti, papà. Forse riusciamo a rimetterlo in piedi. Forse la gamba non è rotta."

Bertin e suo padre sapevano già come sarebbe stato. Bertin aveva visto chiaramente lo stato della gamba del cavallo e Iacomo sapeva bene che se il cavallo non si era alzato in piedi subito, non l'avrebbe più fatto. Le gambe del cavallo sono troppo sottili per sostenere il peso della bestia e se hanno qualche frattura, è pressoché impossibile far sì che si ricomponga.

Il cavallo non può essere immobilizzato per il tempo necessario all'aggiustamento delle ossa e non può restare sdraiato per un tempo lungo come quello necessario alla guarigione.

Iacomo, con i tre figli, era partito subito per raggiungere quel maledetto posto che tanto gli aveva tolto nelle ultime ore. Lì si era impantanato il carro ed era stato perso il carico di fieno. Lì si era azzoppato il cavallo che costituiva il capitale più importante della sua famiglia... Lì era adagiato sofferente il cavallo, con il manto che da bianco era diventato uniformemente color fango per il gran dibattersi della povera bestia nel tentativo di mettersi in piedi...

Le cose erano precipitate ed era necessario agire in fretta. Lo Scardini era stato messo al corrente ed era stata organizzata l'unica cosa che restasse da fare.

Con l'aiuto di altri tre contadini di corte, e delle tavole piazzate sotto la bestia, il cavallo era stato caricato sopra un carro e portato fino a Montagnana dove, appena fuori dal centro, vi era una specie di macello per la fornitura delle carni destinate ai signori che vivevano nelle belle abitazioni all'interno delle mura, attorno al grande Duomo.

Il carro era stato preceduto dallo Scardini che aveva trattato e incassato il prezzo del cavallo da macellare.

Iacomo sapeva che al ritorno sarebbe stato richiamato dal padrone per ritrattare gli accordi presi appena qualche ora prima, dato che le condizioni erano notevolmente cambiate.

Tutto era accaduto così in fretta, negli ultimi due giorni, che Iacomo e i suoi figli avevano l'impressione di essere in balia di un turbinio di avvenimenti incontrollabile che li stava travolgendo.

Era sera quando Iacomo aveva staccato i buoi dal carro che era servito per l'ultimo viaggio di quel cavallo che, sbucato dal nulla delle acque, aveva segnato una svolta importante nella vita sua e della sua famiglia.

Era uscito dalle stalle mentre dal grande portone della corte stava entrando il padrone sul suo calessino. I loro sguardi si erano incrociati e lo Scardini gli aveva fatto segno di raggiungerlo nella stanza del capitolo.

Adesso non c'era più la luminosità accecante della mattina, ma nella semioscurità il profilo del padrone si stagliava ugualmente sulla finestra, unica fonte della scarsa luce nella stanza.

"Come puoi immaginare, i ragionamenti che avevamo fatto stamattina, non stanno più in piedi." Era il tono che Iacomo si aspettava. Niente di meno.

"Di questa faccenda non mi resta niente. Per quello che mi è stato pagato per il cavallo, posso sistemare le paghe dei salariati e darti un sacco di farina. E per quanto mi riguarda, è anche troppo."

"Sior padrone, ha ragione, ma se fosse possibile mettere come salariato almeno il Bertin, che è il più vecchio... Sono sicuro che lavorerebbe anche più di un uomo."

"Ma lo sai, caro mio, in quanti arrivano ogni giorno a chiedermi lavoro? Domandalo al gastaldo... Dai Masi, da Ca Morosine... Perfino da Padova arrivano. Allora, poche storie, se ti va bene così... altrimenti, domattina, fuori tu e dentro un altro."

Iacomo non aveva altro da aggiungere e con il morale a terra poteva finalmente fare ritorno a casa per vedere come si sentiva sua moglie, e trovare il modo, lui che con le parole non ci sapeva proprio fare, per informarla sugli ultimi avvenimenti.

DALLE ACQUE

Maria Stenta, la "botanica"

La corte dei signori Scardini era una delle più grandi del Montagnanese. Era delimitata, sul davanti, da una mura in mattoni alta quattro metri, e chi ancora aveva memoria della sua costruzione, racconta che per una settimana intera c'era stato un viavai di carri che arrivavano in continuazione dalle fornaci di Merlara e Casale della Scodosia.

Centralmente, in prossimità del grande portone, queste mura si innalzavano fino a sei metri per raccordarsi a due pilastri, fatti anch'essi di mattoni, ma con la punta sulla quale stava appoggiata una grande sfera di pietra.

I pilastri sostenevano l'immenso portone di ferro battuto che, si diceva, avesse avuto un peso di oltre dieci quintali. Sembra che la bottega del fabbro che aveva realizzato questa imponente opera fosse stata pagata con quattro buoi il cui peso complessivo doveva essere uguale a quello del portone.

La mura, lunga almeno duecento metri, era costeggiata da un canale che d'estate, nelle poche ore libere della domenica, costituiva motivo di svago per i bambini della corte che praticavano una rudimentale, e pressoché inconsistente, pesca nel breve tratto di acqua pulita che precedeva lo scolo proveniente dalle stalle.

All'interno delle mura, poco lontano dal portone centrale, c'era un maestoso olmo che, si diceva, avesse più di duecento anni. Quando era stato delimitato il perimetro della corte, era stato volutamente compreso al suo interno.

Nelle domeniche d'estate, sotto la sua piacevole ombra, c'era posto per tutti. Gli uomini si scambiavano informazioni ed opinioni, più che altro sui lavori e sui raccolti. I giovanotti cercavano possibili approcci con le ragazze che, solo apparentemente disinteressate, si intrattenevano con discorsi relativi a particolari tecniche di cucito o lasciandosi andare a pettegolezzi sulle ragazze più grandi, lanciando, di tanto in tanto, lo sguardo verso il gruppo di ragazzi, evidentemente imbarazzati e timorosi di ricevere qualche pubblico rimprovero.

La stagione della vendemmia, quell'anno, era stata fortemente compromessa da un forte temporale che si era abbattuto su tutta la zona con estrema violenza. Una consistente grandinata aveva gravemente danneggiato buona parte dei raccolti ancora nei campi e il forte vento aveva abbattuto diversi alberi.

Anche il secolare olmo di corte Scardini era uscito malconcio da quell'evento: alcuni dei rami più alti e maggiormente folti, erano stati divelti e non erano caduti a terra solo perché rimasti imbrigliati dagli altri rami e dal fogliame della pianta.

Nei giorni successivi, le foglie dei grossi rami danneggiati erano diventate gialle. Il padrone, dopo che erano stati fatti gli interventi più urgenti sulle piantagioni dei campi, aveva ordinato a Sante, un salariato tuttofare della corte, di salire sul grande olmo per liberarlo da tutti gli ingombranti rami spezzati.

Sante lavorava per gli Scardini da una quindicina d'anni, ovvero da quando aveva messo su famiglia e Maria, sua moglie, aspettava il primo figlio.

Lo Scardini gli aveva assegnato una minuscola abitazione che dava su un angolo del porticato della corte. *"Se ti si allarga la famiglia per bene, poi troveremo un'altra sistemazione."* Era quello che gli aveva promesso il padrone lasciando intendere che, quando la famiglia fosse stata sufficientemente numerosa, si poteva pensare, chissà, ad un contratto di mezzadria e una casa più grande.

A Cesarino, il suo primo figlio, però, non ne erano seguiti altri – almeno, non con la frequenza che sarebbe stato giusto aspettarsi - e Sante stava abbandonando l'idea di migliorare la sua posizione lavorativa passando alla mezzadria.

Cesarino, spinto anche dalle insistenze dello Scardini, era andato *famejo* in casa di un signore, padrone di una corte a Noventa. Andare *famejo* in una famiglia che stava bene costituiva una buona sistemazione. Si trattava di fare lavoretti, i più vari, ricoprendo mansioni di garzone in cambio di una retribuzione e un posto alla tavola della famiglia.

I padroni consideravano di sottoscrivere un contratto di mezzadria solo con famiglie numerose, dove si potesse contare sull'apporto di tante braccia da lavoro. Questo avrebbe permesso di ricavare il massimo anche da terreni poco produttivi perché dal raccolto si determinava, prima di tutto, il grado di benessere della famiglia dei mezzadri e il padrone avrebbe goduto di metà di quanto prodotto.

La moglie di Sante era rimasta nuovamente incinta quando Cesarino aveva già dieci anni e già da parecchi mesi si era trasferito in pianta stabile dal signore di Noventa.

In corte Scardini, ma anche nel circondario, Maria era abbastanza conosciuta. Per una donna non era comune essere conosciuta al di fuori della corte nella quale abitava o fuori dallo stretto ambito familiare. Le eccezioni erano costituite dalle ostetriche e dalle botaniche.

Per la gente contadina era importante avere questi punti di riferimento. L'ostetrica e la botanica si recavano a casa di chi le aveva chiamate a svolgere il loro compito.

E si trattava, quasi sempre, di gente povera e con poche possibilità. L'ostetrica, più comunemente chiamata *la levatrice*, con competenza, preparazione e soprattutto esperienza, assisteva le donne che partorivano in casa. Mentre i signori erano propensi a far nascere i loro figli all'ospedale, per una donna della classe contadina, ricorrere al ricovero poteva significare solo che c'erano dei problemi o dei rischi che ne sconsigliavano il parto in casa.

L'ostetrica, per le persone più povere, sostituiva, di fatto, l'apparato ospedaliero. Il botanico, in numerose situazioni, sostituiva il dottore.

I contadini ricorrevano al dottore solo in situazioni di comprovata gravità perché sapevano che, anche se non veniva chiesto espressamente, era buona regola trattarlo bene, omaggiandolo con pagamenti in natura che potessero renderlo ben disposto per eventuali successivi bisogni.

Rivolgersi ad un botanico per una colica, una storta, uno stato febbrile, era certamente più comodo e conveniente.

La moglie di Sante era conosciuta come una botanica

che si prestava volentieri per risolvere, grazie a decotti o impacchi, piccoli problemi di salute di chi si rivolgeva a lei.

Il soprannome, Maria Stenta, era andato consolidandosi un po' per volta quando, dopo il primo figlio, una seconda gravidanza stentava a manifestarsi.

Sante, accantonata l'idea di un contratto di mezzadria, si era rassegnato al suo ruolo di salariato. Godeva della stima del padrone e questo gli dava serenità. Sapeva che il figlio maggiore era stato ben accolto nella casa dei signori di Noventa mentre lui, in corte Scardini, aveva il necessario per campare discretamente con sua moglie Maria e la piccola Nora.

Sante lavorava nei campi dove aveva acquisito una grande esperienza sulle migliori tecniche per aumentare la resa dei terreni. Quando la stagione dei raccolti era finita, cominciava la particolare preparazione della concimazione che, fin dal suo primo utilizzo, si era dimostrata molto redditizia.

Una delle tipiche lavorazioni invernali era quella della pulitura dei fossi e delle canalette. Il fogliame e le ramaglie che venivano raccolte in prossimità dei fossi venivano portati in corte, distese ed essiccate per diversi giorni su una superficie di mattoni. Successivamente, questa massa veniva compattata in rudimentali fascine e immagazzinata per essere bruciata nel camino di casa durante l'inverno.

La maggior parte delle foglie degli alberi piantati sulle rive, cadendo in acqua, non erano utilizzabili per essere seccate e poi bruciate: marcivano e con il fondo melmoso dei fossi creavano una poltiglia che, durante l'annuale pulitura del letto, veniva spalata sopra la riva.

L'intuizione di Sante era stata quella di mischiare questa melma con il letame di stalla. Anziché spalarla disordinatamente sulla riva, veniva raccolta in secchi o carriole e portata in una apposita fossa vicina al letamaio. Poi, quando si trattava di *fare* il carro per portare la concimazione sui campi, venivano mischiati letame e melma. Grazie a lui, quel tipo di concimazione era diventato, per le campagne degli Scardini, una prassi regolare.

Sante aveva appoggiato una scala a pioli sul tronco del grande olmo. Con quella avrebbe raggiunto le prime ramificazioni del grande albero e poi, da lì, sarebbe salito approfittando degli appoggi naturali dati dalla conformazione della pianta.

Si era munito di accetta e una piccola sega con manico orizzontale. Si era legato in vita, a mo' di cintura, *un balzo*, ovvero una di quelle robuste cordicelle di erba palustre intrecciata secondo una collaudata tecnica, e vi aveva infilato gli attrezzi per essere maggiormente libero nei movimenti.

Attorno all'olmo, a distanza di sicurezza, era radunata una piccola folla di curiosi interessata a quanto avrebbe deciso il padrone relativamente i rami che Sante avrebbe fatto cadere dalla pianta. Sarebbero stati una bella risorsa per ricavare, da quelli più grossi, qualche attrezzo e, con quelli più piccoli, ottima legna da ardere.

Per salire sull'albero, Sante aveva atteso l'arrivo del padrone. Il grande olmo era una sua proprietà e tutti speravano di potersi dividere quell'insperata scorta di legna, sempreché il padrone glie l'avesse loro concessa.

Lo Scardini aveva sistemato in disparte il suo cavallo, subito preso in custodia da un bovaro al quale era stato detto di non staccarlo dal calessino. Era evidente che per il padrone fosse una faccenda da sbrigare in fretta.

Sante, facendosi strada all'interno dell'albero per raggiungere i rami più grossi – che erano anche quelli più in alto - aveva iniziato a far cadere quelli più piccoli che, pur divelti, non erano caduti a terra.

Lo Scardini aveva fatto un cenno con la mano come per dire: *"Questi non mi interessano proprio, prendeteli pure."* E, come per un accordo prestabilito, le donne radunate ai piedi della pianta ne prendevano, a turno, una bracciata per ciascuna.

Sante aveva raggiunto i rami divelti più grossi. Per un paio di questi, provocarne la caduta fu relativamente semplice perché la loro posizione era prevalentemente esterna. Erano rami che, per la loro grandezza potevano essere considerati vere e proprie piante complete. Tra quelli che assistevano alle operazioni, fece una grande impressione la caduta di un grosso ramo, che, di punta, si era infilato nel terreno erboso accanto al grande tronco dell'olmo. Sembrava un vero e proprio albero e fu necessaria più di qualche spinta ben assestata per farlo cadere.

Il padrone aveva fatto intendere di voler lasciare ai contadini ciò che sarebbe derivato dalla pulitura dell'albero. Aveva constatato che quanto si poteva recuperare non era utile per sé. Questo aveva contribuito all'instaurarsi di un clima di laboriosa allegria.

Il lavoro per Sante volgeva a termine. Erano rimasti soltanto due grossi rami, alti e centrali. Proprio per questa loro posizione, l'unica possibilità di farli scendere era quella di privarli dei rami piccoli e del fogliame, in modo che potessero passare attraverso il groviglio della pianta.

Uno di questi, particolarmente difficile da raggiungere, era rimasto attaccato al resto dell'albero per circa un terzo del suo diametro. Spezzandosi, si era piegato di lato, ma non c'era stato un distacco netto. Era, quindi, necessario tagliare la porzione di ramo rimasta attaccata per liberarlo completamente permettendo di farlo cadere a terra. Per fare questo, Sante doveva agire con estrema cautela in quanto la posizione in cui si trovava era molto instabile. Si era liberato dell'accetta conficcandola provvisoriamente su un ramo vicino e aveva preso la sega da utilizzare per liberare il ramo spezzato. Era appollaiato su un ramo, senza appoggiare i piedi, sul quale doveva rimanere sospeso con la forza del braccio sinistro per poter arrivare con la mano destra a segare il ramo.

Sante confidava sul fatto che tagliando la parte ancora collegata alla pianta, il ramo sarebbe rimasto fermo, imprigionato e sorretto dagli altri rami attorno.

Con uno sforzo notevole, poco alla volta, l'enorme ramo stava per essere staccato completamente dalla pianta. Prima che Sante potesse fare gli ultimi tagli, come sparato da un'invisibile catapulta, il ramo, con un rumore simile ad un grande schiocco, si era rovesciato su sé stesso e quasi rotolando per un po' sulla chioma dell'albero era precipitato accompagnato da un grande crepitio di rami rotti.

Subito, mentre ancora stavano cadendo piccoli rami e foglie, uno dei contadini si era portato sotto l'olmo per chiamare Sante.

"Sante, tutto bene?"

Sante, nascosto alla vista di tutti, non aveva risposto. Ora, tutti si erano portati ai piedi dell'albero e cercavano di scorgere l'uomo più in su, tra la fitta trama di rami e foglie.

Nonostante tutti si affannassero a chiamare, da Sante non arrivava alcuna risposta. Un paio di ragazzotti, con evidente agilità, erano saliti sulla pianta. Poi, quasi del tutto nascosti alla vista di chi stava giù, si erano fatti sentire

"È qua, è qua. Ha preso una botta... Adesso lo portiamo giù."

Sotto l'albero l'agitazione era al massimo *"Ha preso una botta, ma come?"* *"Hanno detto che lo portano giù, perché? Cosa si è fatto?"* *"Ma perché non rispondeva? Ha perso i sensi?"*

Lentamente e con molta cautela, i due ragazzi, aiutandosi con una corda che avevano fatto passare sotto le braccia di Sante, stavano scendendo. Sante era privo di sensi e questo rendeva tutto molto più difficile. Intanto, qualcuno aveva procurato anche un'altra scala e altri tre o quattro ragazzi erano saliti sull'albero fermandosi alla prima diramazione.

Finalmente, evitando per quanto possibile movimenti bruschi, Sante era stato portato giù e sdraiato sull'erba. Si stava riprendendo lamentandosi molto, ma senza riuscire a parlare.

Era arrivata anche sua moglie Maria che aveva affidato ad una vicina la piccola Nora.

Nessuno sapeva esattamente cosa era successo, ma da ciò che raccontavano i due ragazzi saliti sull'albero per primi, sembrava che il grosso ramo, staccandosi, avesse colpito Sante provocando la sua rovinosa caduta, fermata da alcuni rami molto fitti, una decina di metri più in basso. Era evidente che l'uomo, nella sua caduta, aveva subito forti colpi in tutto il corpo. Era particolarmente dolorante e, a rompere gli indugi sul da farsi, era intervenuto subito il padrone che aveva comandato *"Presto, caricatelo sul calessino ché va portato subito all'ospedale."*

L'ospedale di Montagnana non era molto lontano: in mezz'ora sarebbero arrivati. Il calessino era molto piccolo, adatto a trasportare solo due persone sedute. Sante era stato adagiato, con non poca fatica, alla bell'e meglio, accasciato sopra un tabarro che avrebbe dovuto attutire i contraccolpi delle strade accidentate. Scardini conduceva il suo cavallo cercando di infondere tranquillità al resto della corte in quei concitati momenti. Con loro, erano andati anche Maria e Tito, un vicino di casa che possedeva un cavallo e si era offerto per accompagnare la moglie dello sventurato.

Per quanta esperienza avesse avuto Maria, avendo visto molti effetti di botte, fratture e malori, non osava dare forma a quelli che erano i suoi pensieri più negativi.

Quando si rompe un osso, il fatto positivo è che se ne può vedere l'effetto, ma esistono fratture di altri organi interni che non si fanno vedere e in tanti casi non si possono curare.

Ed era proprio così che era andata. Sante non aveva superato la notte. Maria si ritrovava vedova a trentacinque anni, con un figlio via da casa e una bambina di cinque anni.

DALLE ACQUE

Via, distante...

Iacomo aveva salito le ripide scale di casa cercando di fare poco rumore, ma gli zoccoli con i ferri in punta e sul tacco per non far consumare il legno, ad ogni passo, nel silenzio della casa suonavano come martellate.

Sua moglie Duilia era affossata nel materasso. Le foglie di granturco che servivano da imbottitura per il giaciglio avrebbero avuto bisogno di un livellamento, ma era un'operazione impossibile da fare con qualcuno sdraiato sopra.

Il viso sudato e pallido di Duilia piuttosto che una sofferenza fisica, voleva comunicare lo sgomento di non essere in grado di svolgere le mansioni di sempre. Le sue condizioni mettevano in secondo piano la preoccupazione di informare la moglie su quanto era accaduto nelle ultime ore. Anche se non era ciò che Iacomo preferiva.

Bertin gli si era rivolto con un filo di voce:

"Chiamiamo il dottore o il prete?"

"Tutti e due." Rispose Iacomo.

Negli ultimi giorni, Iacomo aveva l'impressione di essere sprofondato in una situazione senza uscita, alla quale si aggiungevano sempre nuove difficoltà e disgrazie.

Il dottore, al termine della sua visita, aveva detto

"Se volete portarla all'ospedale, potete farlo, ma di sicuro non serve a molto. Io penso che sentire la famiglia vicino gli faccia meglio piuttosto che le cure dei dottori dell'ospedale."

Le parole del dottore suonavano come una condanna ma, almeno, non si rendeva necessario il ricovero con tutta la scomodità che questo avrebbe comportato.

Man mano che passavano i giorni, Duilia scompariva sempre più infossata in quel materasso che sembrava rappresentare la morte che, un po' alla volta, la stava prendendo.

Doveva soffrire molto perché, anche se sembrava incosciente e fuori dal mondo, si lamentava sempre, e solo toccarla per metterla un po' bene, gli procurava enormi dolori.

I ragazzi più grandi avevano iniziato, in modo molto impacciato, a sbrigare alcune faccende di casa. Non c'era più una donna in casa che potesse badare agli uomini, e questo si vedeva. Altroché se si vedeva!

Iacomo era tornato a mettere i propri indumenti ed era andato a restituire quelli avuti in prestito dalla Maria Stenta, che erano appartenuti alla buon'anima di suo marito.

Tutti, in corte, sapevano delle condizioni di Duilia e in qualche modo cercavano di rendersi utili.

La Maria Stenta, ad esempio, non aveva voluto accettare la restituzione dei pantaloni e delle camicie.

"Per cosa volete che mi servano? Ho un figlio famejo da dei signori che non gli fanno mancare niente, e tutto quello che mi resta è questa figlia che ha cinque anni... Cosa volete che ne faccia? Teneteli pure."

"Non so come ringraziarvi... Troverò un modo per ricambiare, anche se non subito." Aveva risposto Iacomo che, mettendo insieme questa frase era contento di avere trovate delle parole per esprimere abbastanza bene il suo pensiero.

"Non pensateci, Iacomo. Siete un buon uomo, come lo era il mio Sante, e ve ne sono capitate di tutti i colori... Come va la Duilia?

"È sempre più un'ombra. Non ce n'è più. Ed è sempre tutto un lamento."

"Se volete, posso darvi delle erbe per fare un decotto che gli allevi la sofferenza. Anzi, è meglio se ve lo faccio direttamente io. Non sono cose da uomini queste."

"Non ci sono speranze che il male sparisca, ma se è più sopportabile, almeno quello..." Aveva accettato di buon grado Iacomo

"Andate, andate, Iacomo, che appena è pronto ve lo porto io."

La Maria Stenta, con la piccola pignatta in una mano e la figlioletta nell'altra, stava attraversando la corte per raggiungere la casa di Iacomo quando aveva notato un gruppo di persone molto rumoroso che stava entrando dal grande portone.

Ragazzi e contadini malmessi, giravano intorno ad un carro tirato da un cavallo enorme. Lo accompagnavano nel suo incedere sotto la guida di un bovaro di una corte vicina. Sopra il carro stavano seduti due uomini dal portamento distinto e autorevole.

Maria si era fermata, curiosa, sotto il portico, a metà strada tra la sua abitazione e quella di Iacomo.

Il carro si era fermato proprio al centro della corte. Tutti i lavoratori occupati in qualcosa avevano lasciato le loro faccende e si erano avvicinati per sentire quello che questi signori si accingevano a dire.

Sicuramente venivano per conto del padrone. Nessuno avrebbe osato entrare in corte così, con quel baccano, senza un permesso.

Il cavallo era stato staccato dal carro che era rimasto al centro della corte.

Faceva parte di questa strana spedizione anche un ragazzotto dall'aria non troppo sveglia, che aveva un tamburo appeso in vita con una cintura.

Uno dei distinti signori aveva estratto da una borsa un cappello bianco con un frontino di tipo militare, simile a quello che indossavano le truppe che si erano viste passare sulle barche dopo l'alluvione di tre anni prima. Subito dopo averlo indossato, aveva fatto un cenno al ragazzo del tamburo che aveva iniziato a percuoterlo con buon ritmo e grande rumore.

"Ecco che è scoppiata un'altra guerra."

"No, adesso ci diranno che siamo tornati sotto gli austriaci."

"Ma cosa lo vengono a dire a noi. Tanto siamo morti di fame sia con gli italiani che con gli austriaci!"

Il brusio dei commenti dei contadini che si stavano radunando al centro della corte, erano stati interrotti dal fragoroso suono del tamburo.

Poi, quando il ragazzotto scemo aveva smesso di battere il tamburo, il personaggio col cappello in testa, in piedi sul carro, aveva iniziato a parlare con tono distinto e autoritario.

"Uomini e donne di questa corte, prestate attenzione a quanto sto per annunciarvi perché, se oggi prenderete la decisione giusta, cambierete in meglio la vostra vita, per sempre." Se non fosse stato per quell'aspetto così ufficiale, i sorrisini e commenti scettici sarebbero stati molti di più del semplice mormorio che si era levato dai contadini a queste prime parole.

"Prima di tutto, lasciate che mi presenti. Io sono un Agente d'Emigrazione ufficiale e quello che sono venuto a comunicarvi fin qui lo sto facendo per ordine del Console delle Repubbliche Americane e Brasiliane." Nessuno, tra i contadini aveva capito il senso di quella presentazione. L'unica cosa che avevano capito era che non si trattava di uno dei tanti venditori di unguenti o distillati per guarire ogni malanno e ogni sventura.

"Andrò, ora, a spiegarvi con molta calma e dovizia di particolari tutto quello che dovreste sapere per cambiare per sempre la vostra vita e quella di tutta la vostra famiglia."

A sottolineare l'importanza di certe affermazioni, e per alzare il livello d'attenzione dei presenti, il ragazzotto col tamburo infilava nelle studiate pause del discorso, una rullata che sortiva sempre un grande effetto.

"Dovete sapere che il Brasile è un paese grandissimo, con

distese di campi molto più grandi di quello che potete immaginarvi. Terre ricche e fertili, che danno raccolti abbondanti..."

"Ma perché, là non ci sono i padroni?"

"Certo che ci sono, e fino a poco tempo fa c'erano anche gli schiavi, che lavoravano gratis per i padroni. Ma adesso hanno abolito la schiavitù: niente più schiavi."

"E qua da noi, quando la aboliscono la schiavitù? Non siamo forse come gli schiavi, noi?" Le osservazioni che arrivavano dai contadini sembravano caricare di fervore, qualora ce ne fosse stato bisogno, l'Agente d'Emigrazione.

"Signori, signori... Lasciatemi spiegare. Poi, potrete fare tutte le domande che vorrete!"

L'Agente aveva capito che chiamare 'Signori' i contadini che aveva di fronte sortiva un effetto sorprendente. Tutti sembravano quasi intimoriti di quella definizione per sé. Signori. Ma come: qualcuno ci chiama 'Signori'? E non lo sta facendo sbagliandosi: sta parlando proprio con noi.

"Quelle che vi riferisco sono informazioni ufficiali che provengono da disposizioni rilasciate dal Governo Brasiliano. Credetemi: è il Brasile la terra che permette di arricchirsi come non potreste mai fare restando qua."

Ora tutti seguivano con grande attenzione quello che andava spiegando l'Agente d'Emigrazione.

"Io vi capisco: è difficile lasciare i luoghi dove siete nati, dove avete parenti e amici. Ma se questi posti non vi danno la possibilità di mantenere le vostre famiglie, se il lavoro non c'è, se non volete sentire i vostri figli piangere e chiedere da mangiare perché hanno fame, allora, fate vedere di essere uomini, veri capifamiglia... e decidete quello che è meglio per voi. Smettetela di essere sottomessi a padroni che vi sfruttano per una miseria e che minacciano di lasciarvi senza lavoro perché, come voi, ci sono tanti altri contadini bisognosi di mettere qualcosa in tavola."

Il tono di questi discorsi aveva fatto sorgere il dubbio che il loro arrivo in corte non fosse stato affatto autorizzato dallo Scardini.

El Capi, il gastaldo, se ne stava seminascosto dietro una colonna del porticato e, quando gli fu chiaro il tono dei discorsi che stavano prendendo corpo, passando per le stalle, aveva attaccato il suo carretto al cavallo ed era uscito precipitosamente dal portone sul retro, dirigendosi alla vicina villa dello Scardini.

"Il Governo Brasiliano sta concedendo le terre a chi ne fa richiesta per dei prezzi da non credere. Tutti le possono registrare e poi pagare con il proprio lavoro"

A questo punto, l'Agente aveva fatto una pausa, poi, aveva girato su sé stesso fissando con aria seria e decisa la massa di contadini che gli si era fatta attorno, come a sottolineare la parte più importante del discorso.

"Signori! Su richiesta particolare del Console e su impegno del Governo del Brasile... Fate attenzione... io vi comunico che ogni capofamiglia che decide di partire avrà..." Il sapiente gioco delle pause aveva portato al massimo il grado di attenzione della corte.

"Avrà il biglietto navale pagato per sé e i suoi familiari e..." Il ragazzotto, quasi sorpreso per non aver seguito attentamente il discorso, con un po' di ritardo aveva rullato sul tamburo.

"e..." lanciando un'occhiataccia al ragazzotto

"Udite, udite: l'assegnazione di lotti da venticinque a sessanta ettari di terreno. Terra che sarà vostra, totalmente vostra. Più la famiglia è grande, più terra potrà avere. Tutto rimborsabile con condizioni agevolate e col solo frutto del vostro lavoro."

Erano parole che colpivano nel segno, e l'Agente lo sapeva bene. Per la maggior parte dei contadini la fantasia e l'immaginazione non erano sufficienti per dipingere un quadro nel quale poter *essere padroni della terra*. Semplicemente non era immaginabile.

Dopo il breve attimo meditativo che aveva portato a considerare la folle ipotesi, erano iniziate le risatine e lo scambio di battute.

"Sior paròn Sgaresin, mi dà l'aumento del salario?"

"Ossequi sior Pagnarela, vuol favorire questo bel tocco di buon prosciutto?"

"Sior padron, si è pettinato i baffi stamattina?"

...e le risatine erano, via via, diventate grasse risate tra la platea di contadini.

"Signori..." all'Agente bastava la parola magica per riportare all'attenzione tutti quanti *"Signori, fate bene a ridere perché ne avete tutti i motivi."*

Poi, indicando il distinto signore insieme al quale era arrivato alla corte, che fino a quel momento non aveva ancora parlato, lo aveva invitato ad alzarsi.

"Ma, signori... non devo essere io a convincervi. Questo distinto signore, qui accanto a me, quattro anni fa aveva le pezze al culo come molti di voi. Ma ha deciso di partire.

Sissignori: ha fatto San Martin prendendo il piroscafo per il Brasile e quando è arrivato là, oltre al sole, ha trovato la fortuna. Ma voglio che sia lui a parlarvi di quello che ha fatto..."

L'uomo si era alzato, e con fare un po' meno disinvolto dell'Agente – che dell'arte oratoria aveva fatto il suo mestiere – aveva iniziato presentandosi.

"Mi chiamo Giuseppe Tenegon e prima di partire abitavo a Castelmassa. Quattro anni fa mi sono imbarcato con

moglie e due figli perché con quello che prendevo non riuscivo più a campare. I miei figli avevano sempre la pellagra e in più il padrone diceva che, se non si rigava dritto, ci avrebbe tolto anche il lavoro.

Poi, un giorno, al mercato del paese mia moglie ha sentito uno che parlava di terra gratis e ha portato a casa un volantino che poi eravamo andati a farci leggere dal Pipeta, un maestro in pensione che viveva da solo, senza altra occupazione, in una camera che gli aveva concesso il padrone della corte.

Questo guarda e riguarda quelle poche righe senza dir niente e poi, finalmente legge a voce alta 'dove il Lavarelo conduce emigranti lì non si patisce la fame ma si lavora e si guadagna!' Subito non avevamo capito un gran ché, però poi ci ha spiegato meglio."

Giuseppe, pur non essendo un grande oratore, aveva affermato di essere stato un contadino pitocco come quelli che adesso stavano lì, e che ora ascoltavano attentamente.

"Il Lavarelo era un piroscafo pagato dal Governo Brasiliano per portarsi in patria un carico di emigranti con voglia di lavorare. Una volta arrivati là, c'era la possibilità di iscriversi per avere delle terre da lavorare e anche comprare.

Sul foglietto c'era scritto che era possibile prenotarsi e partire la settimana dopo. Ne ho parlato con i miei fratelli e poi ho deciso di partire con tutta la famiglia.

Il viaggio è durato quaranta giorni, che sono molto lunghi, ma dopo un po' ci si fa l'abitudine.

Quando siamo arrivati, siamo stati smistati e ci hanno fatto vedere quali terreni si potevano registrare. Ci hanno dato un credito da usare per piantare canna da zucchero e caffè e dei contadini del posto ci hanno insegnato come coltivare queste piante. Il raccolto, per la canna da zuccherò si fa più di una volta nella stessa stagione e quando lo raccogliete sapete già chi ve lo prenderà e quanto costa.

Se sono qua, è perché sono venuto per convincere a partire anche i miei fratelli con le loro famiglie. Quasi non mi riconoscevano perché dicono che sono ingrassato come un maiale. Ma io sto bene e non mi ricordo più cosa vuol dire patire la fame."

Uno strano sentimento di ammirazione ed invidia aveva pervaso tutti i contadini di corte Scardini a quell'incredibile racconto.

"Ma con tutti quelli che sono partiti fino ad ora, di terra ce n'è ancora di libera?" qualche contadino cercava ulteriori conferme che fosse proprio possibile realizzare un sogno.

"Ma lo sapete quanto è grande il Brasile? È grande come cinquanta Regni d'Italia messi insieme. I portoghesi se ne sono andati. Gli schiavi che lavoravano la terra non ci sono più e i nuovi governanti cercano contadini a cui dare la terra. Questo è il momento migliore per diventare ricchi e vivere

bene. *Poi farete come me: tornerete qua più ricchi del padrone che adesso vi fa patire fame e fatica."*

In quel momento tutti i contadini avevano girato lo sguardo verso il grande portone della corte dove, sul suo calessino tirato dal cavallo al gran trotto, era entrato padron Scardini.

Arrivato in prossimità dell'assembramento, senza curarsi di rallentare la corsa del cavallo, rompendo il cerchio di contadini che stavano ascoltando i discorsi sul Brasile, si era fermato ed era sceso dal calessino con un'aria poco rassicurante.

"Signori, non mi interessa sapere chi siete, ma se non uscite immediatamente da questa corte non potrò rispondere per la vostra incolumità."

Come spuntati dal nulla, diversi uomini minacciosi con bastoni e forche in mano, erano comparsi sotto i portici. A guidarli c'era il gastaldo.

Senza dire niente, come sapendo che sarebbero stati interrotti in questo modo, i forestieri, in fretta ma senza mostrare timore, avevano raccolto le proprie cose sul carro e, dopo averlo legato al cavallo si erano incamminati verso l'uscita.

L'agente, a mo' di saluto ripeteva con voce chiara e tesa

"Signori, se siete interessati, domani ci trovate nella

piazza del mercato a Montagnana. Venite per approfittare di questa occasione. È l'unica per cambiare la vostra vita di pitocchi." E aveva continuato con questo invito fino a quando la sua voce fu affievolita del tutto dalla distanza.

"Domani mattina, davanti al Duomo, nella piazza di Montagnana. Ci troverete là. Prendete coraggio. Siate uomini padroni del vostro destino..."

Un mormorio sempre più intenso si era generato tra tutti i contadini della corte. Chi aveva già deciso, chi era quasi convinto, chi era decisamente contrario... di certo era da un po' che la corte non era in tale subbuglio.

Padron Scardini, con aria soddisfatta, era risalito sul suo calessino e, alzatosi in piedi per attirare l'attenzione di tutti, fedele al detto che un padrone parla poco ma quel che dice pesa, aveva lanciato un chiaro avvertimento

"Se qualcuno crede a questi imbroglioni, che vada con loro. Qua non voglio stupidi. Ma sia ben chiaro che roba o soldi, chi parte non avrà niente. E quando si sarà accorto degli imbrogli, non abbia il coraggio di farsi vedere ancora da queste parti." E con una frustata nervosa al cavallo, era ripartito.

Queste parole minacciose avevano definitivamente convinto i più vecchi che era meglio non abbandonare la strada conosciuta per la nuova, mentre i giovani erano di parere opposto

"Dice così perché se partiamo tutti, poi, a chi li fa lavorare i suoi campi? Ci va lui a raccogliere il fieno che non sa neanche come si tiene in mano la falce?"

Bertin e Pierin, che si erano fermati ad ascoltare tutti i discorsi che erano stati fatti, erano divertiti da queste battute sul padrone. Battute e risate che non erano passate inosservate al gastaldo, in disparte, sotto il porticato.

DALLE ACQUE

Il letto piatto

"Dove siete stati fino adesso? Eravate là, dai brasiliani anche voi?" Se non fosse stato che Iacomo si trovava vicino al letto dove Duilia era sprofondata in un bagno di sudore, il suo tono sarebbe stato molto più severo.

Il letto era in perfetto ordine con le coperte tese come se fosse in attesa di essere sfatto andandoci a dormire la sera stanchi morti per la dura giornata di lavoro sapendo che il riposo sarebbe durato poco perché quando il sole illuminava questa terra di sofferenza e fatica bisognava essere già pronti per un'altra lunga giornata di lavoro malpagato. Se non fosse stato per la testa che usciva, tutti avrebbero detto che la Duilia stava meglio e si era alzata perché il letto era vuoto, ma alzando lo sguardo ci si accorgeva che c'era la testa e subito il cervello mandava un'idea malsana facendo credere ad una decapitazione, ma poi si sarebbe subito corretto mandando il pensiero che il materasso si era infossato a tal punto che di sopra non si avvertiva la presenza del corpo.

"Come sta?" aveva chiesto Bertin

"Avete visto la Maria Stenta?" aveva risposto Iacomo

"*Aveva detto che portava qualcosa da farle bere per calmare i dolori...*"

"*È qua, è arrivata.*" Aveva risposto Anselmo che era intento al fuoco del camino dove stava scaldando l'acqua per fare la polenta.

Nora, la figlia della Maria si era subito interessata a quello che stava facendo Anselmo. I due avevano iniziato a giocare con dei piccoli rami messi sul fuoco tenendone in mano una estremità. Quando la parte sul fuoco prendeva a bruciare, ritraevano il rametto e lo facevano roteare velocemente creando con il rosso della brace cerchi e figure nell'aria.

"*No no,*" diceva Nora "*Se fai dei cerchi chiami le streghe e poi non vanno più via.*"

"*E allora non faccio cerchi, ma una stella, guarda...*"

La Maria era salita nella camera da letto portando in una piccola pentola di latta un decotto ancora caldo. Ne aveva versato una piccola quantità sulla scodella che era lì, sopra lo sgabellino che fungeva da comodino vicino al letto. Poi, tenendo una mano sotto la testa della Duilia e con l'altra la scodella, le aveva fatto bere quel decotto verde scuro.

"*Non dovrebbe essere amaro*" aveva detto anticipando la risposta ad una delle più banali domande che si fanno in questi casi.

Dopo una breve attesa, quando Duilia si era rimessa tranquilla e solo un rantolo regolare era il segnale che ancora era viva, la Maria aveva preso l'iniziativa e aveva comandato:

"Adesso, uomini, tutti giù, ché la devo sistemare..." intendendo che la doveva pulire di tutto visto che Duilia era a letto da qualche giorno.

Padre e tre figli provavano a fare del loro meglio per preparare qualcosa da mangiare. Bertin sapeva, grosso modo, come fare la polenta e si stava cimentando in quel compito con la sola indecisione sulla dose di sale da utilizzare. Pierin stava portando in casa una fascina e qualche pezzo di legna per tenere vivo il fuoco e Anselmo preparava quelle poche cose che imbandivano la tavola.

Iacomo non faceva niente. Era seduto in un angolo con la testa tra le mani. Si sarebbe detto che stava riposando in attesa della cena. O forse si trattava di un momento di sconforto e stanchezza.

Si era sollevato mentre Maria scendeva

"Adesso dorme" aveva informato *"Meglio che riposi. Ma ha un respiro molto debole."*

"Sarà la volontà del Signore... Basterebbe che non soffrisse." Iacomo sembrava impotente.

"È pronta: chi la ribalta?" Bertin aveva portato a termine

la cottura della polenta.

"Forse è meglio che lo faccia io." Aveva detto Maria, prendendo per il manico la pentolona in rame, staccandola dalla catena del camino.

Con fare esperto, con un gesto deciso e veloce, Maria aveva versato la polenta sopra la *pànara* in legno.

Iacomo aveva preso dalla dispensa la sarda sotto sale, o quello che ne rimaneva. La sarda sotto sale, per il suo sapore marcato, era l'ideale per insaporire la polenta e poteva essere utilizzata più volte, semplicemente ammorbidendola con un po' d'olio. Poi, veniva nuovamente riposta in un piatto all'interno della dispensa.

La dispensa consisteva in una struttura, simile ad una piccola cassa, avvolta con una retina o una tela a maglie larghe per proteggere il suo contenuto dalle mosche. Veniva appesa al soffitto con un gancio affinché non fosse raggiungibile da topi o altri animali attratti dal profumo di quello che c'era dentro.

"Maria, fermatevi qua a mangiare un boccone: è il minimo per ringraziarvi." Era stato l'invito scontato di Iacomo.

"Ben, va là. Adesso sarebbe un po' tardi per mettermi a fare qualcosa. Accetto volentieri." Maria sapeva che la buona creanza imponeva di accettare e lo aveva fatto con un pretesto formalmente credibile.

Consumando la frugale cena, si era cercato di parlare di un argomento che non fosse legato alle vicende negative più recenti – e ce n'erano in abbondanza – e quindi ci si era trovati a discutere del subbuglio causato dall'Agente dell'emigrazione e dall'uomo che era tornato per portare in Brasile anche i parenti.

Gli unici scarsamente interessati erano Anselmo e Nora che giocavano a modellare figure strane con parte della loro polenta.

"Se fosse per me, io partirei subito. Che bello lavorare su una terra tutta tua..." aveva detto Bertin, che era rimasto molto colpito da quanto aveva sentito in corte qualche ora prima.

"Se il padrone ci manda via, potremmo partire tutti insieme, e poi, tra qualche anno, tornare qua più ricchi dello Scardini." Fantasticava Pierin

L'esperienza di Iacomo lo aveva portato a dire semplicemente *"State attenti che quello che luccica, non sempre è oro."*

"Ma papà, è una cosa seria, una cosa del governo. Ci sono anche le carte."

Una cosa, un concetto, un avviso o un'informazione, assumevano piena ufficialità quando risultavano stampati su carta. Questo lo sapevano bene anche le compagnie di navigazione che, grazie ad accordi con i consolati delle nazioni oltreoceano, erano in piena espansione. Volantini e notizie dalle terre oltreoceano venivano stampati in grandi quantità dalle tipografie di Genova e costituivano uno dei mezzi più efficaci per gli agenti d'emigrazione mandati in giro per raccogliere iscrizioni per l'imbarco.

Mano a mano che le iscrizioni aumentavano, le compagnie di navigazione si attrezzavano per far fronte all'aumento del traffico navale acquistando o adattando imbarcazioni vecchie e malmesse pur di sfruttare il momento e imbarcare il maggior numero di persone.

"Quel signore ha detto che domani saranno nella piazza di Montagnana. Cosa dici, papà, proviamo ad andare a sentire meglio come stanno le cose? Che se il padrone ci manda via, ci possiamo pensare." Aveva incalzato Bertin nei confronti di suo padre che sembrava un po' svuotato di spirito per tutto quello che era successo negli ultimi giorni.

"Andate, voi che siete giovani. Provate a capire se è una cosa seria o solo un imbroglio, che poi si vedrà."

Bertin e Pierin si erano scambiati uno sguardo di soddisfazione. Era quello che avrebbero voluto sentirsi dire.

La rabbia del padrone

Lo Scardini aveva saputo, tramite il gastaldo della corte Ceolotto, che l'Agente d'emigrazione aveva visitato gran parte delle corti del mandamento.

Questa tracotanza in casa d'altri non era piaciuta ai grandi proprietari che nei pressi di Montagnana gestivano il lavoro nelle campagne, il commercio dei prodotti agricoli e il destino del popolo contadino.

I latifondisti della zona avevano, da tempo, costituito una forma di comitato per determinare le linee di condotta a tutela dei propri interessi.

Questo comitato contava sulla partecipazione dei dieci maggiori proprietari del montagnanese che si riunivano periodicamente in una saletta riservata alla Loggia, nel centro di Montagnana.

Una riunione straordinaria era stata indetta d'urgenza proprio in seguito allo scompiglio generato dalle recenti novità relative all'emigrazione.

A rimarcare il carattere d'urgenza della questione vi era anche il fatto che tale riunione era stata organizzata per la mattina seguente quando, solitamente, queste assemblee venivano convocate di sera e con largo preavviso.

Dei dieci membri del comitato non mancava nessuno. Particolarmente agguerriti sembravano essere, oltre allo Scardini, il Padoin che aveva corte e campagne nella zona del Palù, che con le inondazioni dell'ottantadue erano andate tutte sott'acqua ma che, con duro lavoro, erano state recuperate quasi tutte in breve tempo; il Ceolotto, che aveva campagne in quel della Scodosia dove, oltre ad una vasta campagna, aveva un numero di bestie da stalla come nessun altro poteva vantare; il Boroni, padrone dell'intera Vallerana tra Merlara e Casale della Scodosia, che aveva fama di essere particolarmente duro, addirittura crudele, con chi lavorava per lui.

"Bisogna fare qualcosa. Non possiamo restare fermi a guardare cosa succede. A casa nostra le decisioni le prendiamo noi, che sia ben chiaro." Aveva aperto la discussione lo Scardini.

"Non si è mai vista una tale sfacciataggine. Ma è possibile che nessuno faccia qualcosa?"

Per i latifondisti del comitato, che erano abituati a dettare legge e tenere in pugno ogni situazione, questa prospettiva, che più di qualche contadino stava valutando, destabilizzava le loro sicurezze e non si capacitavano di come tutto ciò fosse consentito.

"Ho parlato con il Podestà e dice che l'unica cosa che gli si può imputare è quella di essere entrati senza permesso nelle corti, ma se hanno in mano una autorizzazione dei

consolati esteri è meglio lasciar stare..." aveva informato il Ceolotto.

"Permesso o non permesso, un tiro di schioppo finché si stavano allontanando, io glie l'ho tirato!" aveva confessato il Boroni, suscitando aperte risate tra i presenti.

"Dobbiamo considerare un'azione coordinata tra noi per evitare di trovarci spiazzati nel programmare la stagione dei lavori. Il pericolo maggiore riguarda i lavoratori salariati. Quelli ci mettono un attimo a lasciare tutto e andarsene. Chi è a mezzadria, a meno che non parta con tutta la famiglia al completo, o perde tutto o resta alle nostre condizioni." Aveva riassunto il Padoin.

"Secondo me, per questo San Martino, diciamo a tutti che rifacciamo la corte interamente. Tutti i contratti scadono e si riassume solo chi non ha nessuno in famiglia che parte per l'America o per il Brasile." Aveva proposto, in modo drastico il Boroni.

"E se poi non troviamo lavoratori a sufficienza per il fabbisogno?" era il timore di alcuni, più prudenti.

"Impossibile, per quanti ne possano partire, ci saranno sempre dei morti di fame pronti a lavorare per quello che decideremo noi."

"Sono d'accordo. Il mio gastaldo mi dice che ogni giorno ci sono uomini che vengono in cerca di lavoro. Per me non è un problema, questo."

"Il pericolo, semmai, è un altro. Se sarà difficile trovare nuovi lavoratori, non è detto che accetteranno le condizioni decise da noi. Senza contadini i campi rimangono incolti. Se approfittano di questo per avanzare richieste superiori alla nostra offerta, cosa ci resta da fare?" aveva obiettato da un angolo della sala il Passarin, un proprietario che aveva scarso peso nel comitato perché, pur avendo molte terre in quel di Santa Margherita, per buona parte erano ancora sott'acqua dall'ultima rotta dell'Adige.

"È chiaro che dobbiamo essere tutti uniti nelle nostre decisioni. Se una famiglia non trova lavoro da me perché qualcuno di loro è partito, è pacifico che il lavoro non lo deve trovare in nessun'altra corte. E se quello che gli offro io per il suo lavoro non gli sta bene, deve avere la stessa identica offerta da ogni altro proprietario. Potranno girare da una corte all'altra, fino a quando si saranno stancati, E se tornano indietro, poi, avranno ancora meno." Aveva sintetizzato lo Scardini

"Giusto. Io sono d'accordo e propongo di votare un accordo sui compensi da offrire per i nuovi contratti."

"Bene. E già da domani dovremo mettere a conoscenza di questo tutti i lavoratori, ché chi ha qualche grillo per la testa è meglio che se lo tolga subito..."

Poco lontano dalla Loggia, sul sagrato del Duomo, con un banchetto instabile al quale erano appese alcune foto di lussuose imbarcazioni in procinto di salpare per varcare l'oceano, l'agente d'emigrazione attendeva, seduto vicino al ragazzotto col tamburo, che qualcuno si avvicinasse spontaneamente per aderire alla proposta di imbarcarsi per il Brasile.

"Avvicinatevi signori: oggi potrete decidere di andare a vivere in un nuovo mondo, dove non si tribola la fame e dove tutti possono arricchirsi." L'agente sapeva bene che se si fosse avvicinato qualcuno, rompendo il ghiaccio, poi si sarebbe formato un capannello di persone.

"Oggi, per chi si iscrive c'è un'occasione che non si ripeterà mai più. Il Governo del Brasile paga il biglietto della vostra traversata perché ha bisogno di assegnare delle terre belle pronte per il raccolto." Qualcuno, tra la gente in piazza, si fermava ad ascoltare, pur non avvicinandosi.

"Ma vi chiederete: perché mai dovrebbero pagarmi il biglietto e in più darmi le terre? Ve lo spiego subito, gentili signori, e certamente comprenderete che questo non è un imbroglio.

In Brasile si coltiva il caffè. È una pianta che cresce bene là, e la qualità è ottima. Tutti i paesi del mondo comprano il caffè brasiliano, ma le richieste sono il doppio di tutto quello che viene raccolto. Adesso che non ci sono più gli schiavi a lavorare, la produzione è addirittura calata e il Brasile, economicamente, è molto legato al commercio del caffè."

L'agente, incoraggiato e compiaciuto dall'attenzione che stava attirando, aveva fatto cenno al ragazzotto col tamburo di sottolineare con una rullata ogni pausa del discorso.

"Signori, io sono venuto fin qua da Genova perché qui ci sono i contadini migliori del mondo. E siete voi. Sissignori. Solo che qui, nessuno vi ricompensa per quello che valete. In Brasile, lavorando su terre di vostra proprietà sarà riconosciuto il giusto valore per il vostro lavoro. Chi più lavorerà, più guadagnerà. Ma il bello è che metterete da parte talmente tanti soldi che se vorrete, dopo qualche anno, potrete tornare e comprare la terra qua, nel vostro paese."

"Saremo anche i più bravi contadini del mondo, ma il caffè non l'abbiamo mai coltivato." Era stato obiettato.

"Nessuna paura: il Governo lo sa e ha predisposto per tutti quelli che inizieranno a coltivare i loro terreni, coltivatori del posto che vi insegneranno tutto e, inoltre, troverete tutti gli attrezzi che servono per lavorare."

Qualcuno iniziava ad avvicinarsi e poneva qualche domanda con la speranza di trovare nelle risposte la spinta decisiva per prendere la decisione più importante della propria esistenza.

Cosa era meglio portare con sé; come erano le stagioni

là, in Brasile; in quanti si poteva partire per famiglia; i bambini cosa avrebbero trovato, sarebbero andati a scuola? E la lingua? Come avrebbero fatto per intendersi? Da dove sarebbe stata la partenza?

L'agente era stremato dalle risposte, sempre uguali, che ripeteva per tutti quelli che ponevano queste comuni domande. Ma sapeva che questo faceva parte del suo redditizio lavoro. La Compagnia di Navigazione per la quale lavorava gli riconosceva una buona paga per ogni persona convinta a partire.

Bertin e Pierin erano fermi un po' in disparte, seduti su un gradino del sagrato del Duomo, vicino quanto bastava all'agente per intenderne ogni parola, ma con aria distratta e disinteressata come se, standosene lì da sempre per i fatti propri, fossero stati gli altri ad arrivare più tardi e, senza chiedere neppure il permesso, avessero aperto il loro baldacchino per raccogliere le iscrizioni.

Avevano capito che per i ragazzi non era possibile imbarcarsi da soli, ma bisognava che ci fosse un adulto o una famiglia a dichiarare che, una volta arrivati, avrebbero lavorato ed abitato con loro.

Si salpava da Genova, e sarebbe stato gratuito anche il viaggio fino a quel porto. La traversata in mare sarebbe durata dalle quattro alle sei settimane, dipendentemente dalle condizioni del mare, che tuttavia non dovevano far paura perché i piroscafi utilizzati erano sicurissimi e inaffondabili. Tutt'al più, qualcuno avrebbe sofferto il mal di mare, ma solo con condizioni di mare grosso e, più che altro, nei primi giorni, fino a quando non ci si abituava. Il cibo, preparato dal personale del piroscafo non sarebbe mancato e sarebbe stato distribuito equamente. I viaggiatori avrebbero avuto come unico compito quello di mantenere pulito e in ordine lo spazio occupato, sia sotto che sopra coperta, obbedendo ad alcune regole di comportamento. Per il resto, sarebbe stato un periodo di tutto riposo, cosa che non suonava molto naturale alla maggior parte dei contadini imbarcati.

Nelle vicinanze del banchetto, Bertin e Pierin avevano riconosciuto diversi contadini di corte Scardini. Tra questi, c'era Biagio, il capofamiglia dei Moschin, che i ragazzi conoscevano bene anche perché era uno dei lavoratori presenti quando c'era stato l'incidente con il carro di fieno.

Bertin e Pierin, pur restando in silenzio, avevano avuto lo stesso pensiero: se avessero avuto bisogno di un garante per imbarcarsi, quello non poteva che essere Biagio, che, con la sua famiglia, già in molte occasioni aveva avuto bisogno di alcuni favori e aveva ringraziato più volte loro padre Iacomo.

Al termine della riunione, i proprietari terrieri erano usciti sotto il porticato, al di fuori dalle eleganti sale del Loggia.

Fumando, chi la pipa, chi un grosso sigaro, osservavano l'evidente animazione sul sagrato del Duomo. Tra tutti i contadini che facevano capannello attorno al banchetto dell'agente, ogni padrone cercava di riconoscere i propri lavoratori collocandoli mentalmente in una ipotetica lista di rimpiazzo insieme ai loro interi nuclei familiari.

Bertin e Pierin avevano fatto ritorno alla corte nel primo pomeriggio. Avevano mangiato una fetta di solida polenta con un buon grappolo di uva succosa, evitando, così, un'ulteriore incombenza domestica.

Avevano appena varcato il grande portone della corte quando Anselmo era corso loro incontro. Quando fu abbastanza vicino diede loro la notizia che, pur essendo nell'aria, non avrebbero mai voluto sentire

"La mamma è morta. La mamma è morta."

"Ecco..." era stata l'unica esclamazione rassegnata alla quale si era lasciato andare Bertin, che aveva accelerato il passo seguendo il fratellino verso casa.

In casa c'era la Maria Stenta che, vedendoli entrare, era andata loro incontro abbracciandoli quasi a voler impedire che salissero. Ma i ragazzi avevano presto rotto l'abbraccio ed erano saliti per l'ultimo saluto alla propria madre.

Tutto sembrava passare in secondo piano, adesso, anche se Iacomo, seduto accanto al letto di morte della moglie, dopo un po' aveva rotto il silenzio

"Dove siete stati fino ad ora?"

"In piazza..."

"Avete mangiato?"

"sì, sì..." e poi, di nuovo silenzio, pesante, interminabile, immobile.

I giorni seguenti erano stati, soprattutto per i ragazzi, pesanti e pieni di angoscia. Eppure non avevano lavorato. Il tempo era rimasto cattivo e le attività lavorative erano pressoché ferme. Iacomo aveva avuto, in quei giorni, un enorme sostegno morale da parte di Maria che, da vedova, poteva ben capire lo stato d'animo di chi patíva una perdita del genere.

Più che di emozioni, si trattava proprio di turbamento d'animo per dover pensare e riorganizzare la difficile esistenza tesa, prima di tutto, alla sopravvivenza. Sì, non c'era tanto spazio per le emozioni, spodestate da preoccupazioni di carattere principalmente materiale. Chi avrebbe fatto da mangiare? Chi avrebbe lavato i panni? Chi avrebbe tenuto la decenza della casa? E come avrebbero tirato avanti con tutti i problemi che erano sorti negli ultimi tempi sul fronte del lavoro?

Tutti questi pensieri avevano accompagnato quei giorni di lutto e non sembravano di facile soluzione.

Non si può dire se ciò che avvenne una decina di giorni dopo la sepoltura della Duilia determinò una svolta per la vita di Iacomo e dei suoi figli, ma certamente diede un indirizzo preciso al loro futuro.

Mancavano una dozzina di giorni a San Martino e tutti i contadini della corte attendevano e temevano la data che, per tradizione, segnava la conclusione o il rinnovo dei contratti.

Chi aveva in affidamento un appezzamento di terra e non aveva ottenuto un raccolto ritenuto adeguato, temeva di vedere decurtata la propria parte e dover conferire di più al padrone che, in quel modo, non si prendeva la metà, ma anche i due terzi, se non di più, di quanto prodotto dal lavoro dell'intera famiglia.

Chi non doveva spartire il raccolto, ma lavorava come salariato, temeva che, con la scusa dell'annata magra, gli sarebbe stato offerto il rinnovo del contratto ad una paga inferiore a quella finora avuta.

C'erano, poi, tra i mezzadri, quelli che facevano finta di aver prodotto più di quanto preventivato, mettendo in atto una furberia che tuttavia costituiva, per loro, un notevole sacrificio. Bastava far credere di aver prodotto più di quanto realmente raccolto e consegnarne la metà al padrone nella speranza che questo fatto li avrebbe messi in buona luce e avrebbe fatto guadagnare loro una buona considerazione e qualche appezzamento di terra in più. Del resto, il padrone incoraggiava questi sotterfugi, ribadendo spesso che chi riusciva a produrre molto su poca terra, lo avrebbe saputo fare anche su tanta. Le famiglie che attuavano questo stratagemma, quindi, si sacrificavano per ottenere più terre da lavorare per l'anno successivo. Era un vero e proprio investimento.

Ma quell'anno doveva segnare una tremenda delusione per tutte le famiglie della corte.

Lo Scardini, seguendo la linea di condotta decisa con gli altri grandi proprietari del mandamento, forte della grande offerta di lavoratori, dato che non passava giorno senza che si presentasse qualcuno a cercare lavoro, era intenzionato a lanciare un importante segnale che avrebbe consolidato la sua posizione.

"Pelandroni con tanti grilli per la testa. Ma cos'è questa moda? I raccolti sono più scarsi e loro pretenderebbero la stessa paga o addirittura di più? E dovrei rimetterci io? Con

la colpa che ne ho? A me, chi mi paga quando un'annata va male? Sì, sì, meglio farglielo capire bene come deve girare il mondo. E che vadano pure in Brasile, che poi se ne accorgeranno..."

Giusto per sistemare le cose entro San Martino, lo Scardini aveva fatto sapere che l'indomani avrebbe parlato a tutta la corte: che nessuno mancasse.

Nell'attesa, tra i contadini, serpeggiava preoccupazione e incertezza. Nessuno ricordava un fatto del genere, a parte quella volta, una ventina di anni prima, quando il vecchio Scardini era arrivato con una carrozza e la scorta di una decina di stallieri con i cavalli bardati da nastri colorati. In quell'occasione si trattava di una festa: Il padrone aveva offerto un caratello di vino da cinquanta litri e numerosi salami con pane biscottato

"Siamo diventati italiani. Non siamo più sotto l'Austria!" e a tutti sembrava una gran cosa, anche se nessuno dei contadini avrebbe notato la differenza. Ma, almeno, sembrava essere una situazione gradita al padrone e, di conseguenza, non sarebbe stato un male.

I contratti, fino ad allora, venivano discussi sempre individualmente. Poi, i contenuti e i termini si venivano presto a sapere, perché, bene o male, per tutte le famiglie che vivevano a stretto contatto era uno degli argomenti principali nella vita della corte.

All'indomani, l'arrivo dello Scardini era stato preceduto dal Capi, il gastaldo che doveva assicurarsi che tutti i lavoratori della corte fossero presenti. La maggior parte degli uomini era radunata sotto il porticato, al riparo dal freddo vento che soffiava fin dalla mattina.

La tensione era palpabile. Dalle case che si affacciavano su quel porticato erano state portate fuori alcune sedie ma nessuno le aveva ancora usate perché tutti si muovevano nervosamente tra un tremito e l'altro, adducendo come causa il freddo vento di tramontana.

Il padrone non si era fatto attendere molto. Aveva fermato il suo calessino al centro della corte e, avvolto da un cappotto con un voluminoso collo di pelliccia, proprio come i signori di città, si era diretto verso il portico gremito dai contadini. Il gastaldo aveva fatto ripulire un carro che avrebbe svolto la funzione di piccolo palco affinché lo Scardini fosse visto e sentito agevolmente da tutti i presenti.

"Ho voluto parlare a tutta la corte perché la sostanza del discorso sarà uguale per tutti. Quest'anno non ci saranno nuovi contratti o contratti rinnovati." Questa premessa aveva fatto rabbrividire gran parte dei contadini radunati che stavano ad ascoltare.

"Ultimamente, tanti di voi stanno dando ascolto a certe voci che promettono terra e ricchezza... Bene: non sarò certo io a fermarvi, anzi, vi tolgo il pensiero di avere un contratto da rispettare. Questo San Martino si rifà la corte del tutto."

Un mormorio, dapprima sommesso, si andava facendo sempre più concitato. Nessuno, tuttavia, aveva avuto il coraggio di ribattere qualcosa alle poche e chiare parole del padrone.

"Nei prossimi giorni tireremo i conti con ognuno di voi. Per quello che c'è da sistemare per casa e stalla rivolgetevi al gastaldo, ché sa già tutto."

In pochi minuti era stata cancellata ogni certezza per tutti i lavoratori della corte. Nessuno aveva piena consapevolezza dello sconvolgimento che quella decisione avrebbe comportato. Era stato come un fulmine a ciel sereno.

Di certo, qualcuno si era lasciato tentare dalle promesse legate all'emigrazione in Brasile, e quella possibilità, anche per chi non l'aveva considerata, adesso diventava una alternativa da ponderare.

Alcune famiglie avevano messo in conto la possibilità che il loro contratto non sarebbe stato rinnovato perché il frutto dell'annata non era stato soddisfacente. Ora, quell'ipotesi era certezza assoluta.

Per Iacomo e i suoi figli, era l'ennesima tegola. Tutte le speranze e i progetti di qualche mese prima erano stati cancellati dagli avvenimenti di quelle ultime settimane.

L'incidente al carro di fieno, la perdita del cavallo, la morte della moglie, e adesso lo sfratto e la perdita del lavoro.

Iacomo si chiedeva se quelle voci, bisbigliate al funerale della moglie da alcuni conoscenti, avessero un fondamento di verità. Aveva sentito alcune mezze frasi sulle quali aveva, poi, lungamente riflettuto.

"Maledizione o malocchio... senz'altro qualcuno che gli vuole male..."

"Ma perché non va dal mago?"

"Se non se lo fa tirare via... peggio per lui..."

Più di qualcuno, nella corte, era convinto che le sventure sulla famiglia di Iacomo fossero la conseguenza di un malocchio. La soluzione era quella di rivolgersi ad un mago per annullarlo.

Iacomo, pur reputandosi ignorante, non aveva mai dato molto credito al ruolo dei maghi. Non ne conosceva nessuno, anche se ne aveva sentito parlare da chi vi si era rivolto per risolvere, per lo più, problemi di salute.

Ricordava un episodio di alcuni anni prima, quando ancora lavorava nella corte di Angiari.

La figlia adolescente di un salariato che viveva in un'abitazione attigua, senza alcuna causa apparente, era caduta in stato di infermità inspiegabile. Era ferma a letto, come paralizzata ed era continuamente scossa da violenti tremiti e sudore freddo. Questa situazione si protraeva da diversi giorni e la ragazza era notevolmente deperita a causa dell'impossibilità di farle ingurgitare qualcosa di sostanzioso a parte un po' d'acqua.

Il dottore che l'aveva visitata non aveva individuato alcuna causa e aveva concluso che la ragazza probabilmente era vittima di un'ossessione, forse amorosa.

Questa spiegazione non aveva soddisfatto per nulla i genitori che avevano deciso, allora, di portarla da un mago botanico di Legnago.

La trasferta non era stata affatto agevole a causa dell'immobilità della ragazza. I genitori l'avevano sistemata con un giaciglio improvvisato sopra un carrettino che avevano tirato, alternandosi, fino a Legnago.

Con qualche difficoltà, non essendo pratici del mondo al di fuori della corte, erano giunti dal mago botanico.

Era un tipo certamente originale che, se non fosse stato per quel mistero che avvolgeva la sua figura, avrebbe potuto semplicemente essere definito 'strambo'.

Aveva una lunga barba grigia con striature bianche. Sulla testa calva teneva un vecchio cappello di panno sformato.

Indossava, poi, un largo e consumato camicione grigio che, pur abbondante e senza una forma definita, lasciava intendere una corporatura decisamente panciuta. La sua voce era profonda e potente, quasi dovesse farsi sentire da qualche sordo.

I genitori della ragazza lo avevano messo al corrente del problema della figlia e il mago aveva dato l'impressione di aver capito subito di cosa si trattava.

Ogni volta che i genitori della ragazza raccontavano questo fatto, tessendo le lodi del mago, non perdevano occasione per screditare il dottore che, dopo il consulto inconcludente, aveva ugualmente chiesto un'anatra a pagamento del suo 'disturbo'.

"Appena l'ha vista ha capito subito di cosa si trattava e cosa bisognava fare. Altroché il dottore che era stato lì mezz'ora per concludere che non sapeva che malattia fosse!"

Il mago botanico aveva fatto sistemare la ragazza su una panchetta, con la testa sollevata in modo che potesse ben vedere quello che si accingeva a fare. Al suo fianco, testimoni del suo buon operato, il mago aveva voluto anche la presenza dei genitori della ragazza.

La stanzetta era poco illuminata e conteneva un gran numero di cose che destavano impressione. Appesi alla parete, quasi come trofei, vi erano un paio di teste di volpe, una di caprone con lunghe corna, davvero impressionante, e vi era una specie di trespolo sul quale faceva bella mostra di sé un grande gufo, impagliato a giudizio del padre, vivo seppur immobile a parere della madre. Sopra una lunga mensola, c'era una fila di tanti vasi di vetro in varie dimensioni, qualcuno vuoto, altri con erbe essiccate e alcuni, quelli più impressionanti, con alcuni piccoli animali morti, serpi, topi e bisce d'acqua, immersi in un liquido giallognolo.

Il mago botanico aveva iniziato la preparazione di una pozione prendendo da alcuni vasi di vetro manciate di erbe essiccate e le aveva aggiunte all'acqua che stava bollendo in un piccolo camino, sopra un vivace fuoco che mandava suggestivi riflessi rossastri in tutta la stanza.

I tre ospiti erano rimasti molto suggestionati da quelle operazioni che il mago intervallava pronunciando, di tanto in tanto, frasi incomprensibili con fare solenne.

Dopo una buona mezz'ora la medicina era pronta per essere assunta.

La gestualità del mago si era ulteriormente accentuata e, tenendo la scodella dell'intruglio sollevata sopra la testa, avvicinandosi all'ammalata, aveva intimato con voce forte e solenne

"Bevi tutto, per volere dei santi Cosma e Damiano, il male

sparirà per sempre e non farà mai più ritorno."

Come inebetita, la ragazza aveva ingurgitato in un sol colpo tutto il contenuto della scodella e, ancor prima che decidesse cosa fare, il mago aveva comandato

"Adesso alzati e torna a casa con i tuoi genitori. Di ciò che è stato non ricorderai la causa e i giorni di malattia." Al ché, la ragazza, rivolta a sua madre aveva detto

"Andiamo a casa mamma, che abbiamo lasciato tanti mestieri da fare."

Avevano pagato il mago con alcuni pezzi di carne sotto sale, avvolti in una pezza pulita. Gli era stato detto che, solitamente, il mago si faceva pagare accettando quello che ognuno poteva dare, e se qualcuno non aveva niente, beh, andava bene lo stesso.

Durante il tragitto d'andata, i genitori della ragazza si erano ripromessi che, qualora la figlia non fosse guarita, non avrebbero dato niente al mago, riportandosi indietro le preziose bracioline sotto sale.

Da quel giorno, la ragazza non era più stata male e, in famiglia, nessuno più aveva avuto a che fare con il vecchio dottore.

Iacomo aveva una sua teoria su queste cose. Pensava che il mago avesse qualche conoscenza in fatto di botanica, ma non credeva certo che fosse dotato di poteri particolari.

Addirittura, molti anni prima aveva cullato l'eventualità di farsi passare per un mago botanico e guadagnarsi da vivere praticando quel 'mestiere'.

Quando era arrivato nella corte di Angiari, tra i tanti lavori svolti come salariato, vi era anche quello di bovaro, o meglio, aiuto bovaro.

L'anziano di stalla, infatti, si chiamava Olfo Scalman e si può dire che avesse trascorso i suoi ultimi vent'anni senza mai uscire dalla stalla.

Una porticina comunicava direttamente con la stanza dove viveva da solo. Aveva ormai superato la sessantina e non aveva mai trovato una donna che avesse accettato di diventarne moglie.

Alle zitelle della corte era consuetudine rivolgersi scherzosamente dicendo

"Ma cosa aspetti a maritarti? Non sai che Olfo sta cercando moglie!" e la risposta, inevitabilmente era sempre

"Meglio cent'anni da zitella che esser moglie di quello..."

Lo scherno e la mancanza di considerazione erano ben alimentati dalla totale assenza di cura che Olfo aveva per la propria persona. Si può certamente affermare che le bestie che accudiva erano più pulite di lui.

Iacomo ricorda bene la prima volta che l'aveva visto: aveva la forca in mano con la quale stava sistemando il letto di alcune bestie; indossava quella che forse era stata una maglia, talmente sporca da non indovinarne il colore, e pantaloni sbrindellati fermati al ginocchio con un paio di spaghi. Era a piedi nudi e camminava costantemente dentro la canaletta dove erano raccolti gli escrementi delle bestie. Diceva che in quel modo non soffriva il freddo e, allo stesso tempo, non aveva bisogno di spendere in calzature.

Soltanto qualche giorno più tardi Iacomo si era accorto dell'infezione ai piedi che tormentava Olfo.

L'aveva convinto a darsi una risciacquata che aveva messo in luce una situazione allarmante. Numerose e profonde screpolature tra le dita di entrambi i piedi erano, probabilmente, la causa di un accentuato gonfiore, così evidente da inghiottire quasi del tutto le unghie.

La situazione era grave perché Olfo non riusciva quasi più a camminare e se lo faceva, zoppicava vistosamente. Questo fu certamente il motivo per cui accettò di farsi aiutare.

Iacomo ricordava come, in tante occasioni, una poltiglia di aglio spalmata sulla parte infetta avesse risolto velocemente il problema. Aveva, quindi, preparato un intruglio con un paio di spicchi d'aglio che aveva sottratto ad una delle trecce messe a conservare sotto il porticato. Poi, dopo aver lavato, non senza qualche sforzo, i piedi di Olfo, aveva steso, spalmandola per bene, la poltiglia che così preparata. Aveva, quindi, intimato al bovaro di tenere ai piedi gli zoccoli, recuperati insperatamente in un angolo della sua stanza, fino a quando il gonfiore non fosse sparito.

La guarigione era stata particolarmente veloce, per la grande soddisfazione di Olfo, che però ebbe a lamentarsi per il cattivo odore dell'aglio.

Era stato proprio Olfo a far balenare nella testa di Iacomo la fugace idea di specializzarsi come botanico.

"Potresti fare la bella vita, senza spaccarti la schiena nei campi o in stalla. Quattro orazioni, il nome di un santo e un intruglio e a questi ignoranti di contadini gli puoi far credere tutto... Un fratello di mio papà faceva proprio questo, ed aveva sempre la pancia piena."

Per Iacomo era stato un pensiero fisso che lo aveva tormentato per alcuni giorni, ma poi aveva concluso che lui non si sarebbe mai preso gioco degli altri, soprattutto se disperati come lui.

Per questo motivo, le frasi bisbigliate al funerale della moglie che ipotizzavano una maledizione sulla sua testa, non lo avevano scosso più di tanto.

DALLE ACQUE

Il distacco

Iacomo era un uomo di poche parole, fermo nelle sue decisioni. Non si era mai sottratto alla responsabilità di fare scelte, anche molto importanti, per sé e la sua famiglia.

Ora, la situazione che si era venuta a creare in seguito alla decisione dello Scardini, imponeva scelte importanti e certamente impegnative.

La cosa era particolarmente difficile perché Iacomo, per quanto cercasse di non farlo vedere, era stato molto turbato dagli avvenimenti dell'ultimo periodo e gran parte delle sue certezze erano venute a mancare. Sembrava un uomo completamente svuotato, sia nello spirito che nel fisico. Sembrava che le forze l'avessero abbandonato, e con esse anche il carattere.

I suoi figli, di certo, non avrebbero mai pensato di sentire il padre rivolgersi a loro con un interrogativo *"E adesso, cosa faremo?"*

Le certezze che aveva perso Iacomo, sembrava fossero state conquistate dai ragazzi più grandi, Pierin e Bertin.

"Andiamo in Brasile, papà! Hai sentito anche tu. Se vogliamo, possiamo cambiare vita ed andare a stare meglio."

"Eh... Sì, come no." Iacomo non pensava che i propri figli

fossero rimasti così impressionati da tutti quei discorsi sull'emigrazione che si erano sentiti nell'ultimo periodo.

I due fratelli, fin da quando avevano sentito parlare di quelle terre, che aspettavano solo di diventare proprietà di chi le lavorava, avevano fantasticato di trasferirsi in Brasile al seguito di una famiglia di conoscenti, perché mai avrebbero pensato alla possibilità di sradicare i loro genitori dai luoghi d'origine. Ma, adesso, le cose erano cambiate. La mamma era morta e presto sarebbero stati privati della casa e delle loro sicurezze.

Adesso, la loro era diventata una famiglia un po' strana, fatta di soli maschi, ma forse, proprio per questo, avrebbero saputo adattarsi meglio ad una nuova vita in un nuovo mondo. In ogni caso, era una decisione difficile, basata, tra l'altro, su discorsi e parole difficilmente verificabili. Era una scommessa sulla veridicità di quelle promesse, proferite con tanto slancio da quell'agente d'emigrazione che li aveva pervasi di grandi speranze.

Erano bastate quelle poche parole dei figli per scatenare in Iacomo una serie di pensieri e congetture. Fino ad allora non aveva preso in considerazione l'eventualità di emigrare, ma era prima che la situazione precipitasse.

Partire, partire... Perché no? Cosa avrebbero potuto perdere? Potrebbe essere stato peggio di così? Anche considerando tutti gli aspetti negativi e le peggiori ipotesi che riusciva ad immaginare, Iacomo non trovava un valido motivo per farlo desistere dall'idea di partire.

"Ma come funziona? E quando sarebbe la partenza?"

"Sabato prossimo ci sarà la raccolta delle sottoscrizioni e le visite mediche. Può partire solo chi è in buona salute..."

"E chi non sa scrivere?" si era subito preoccupato Iacomo

"Basta che faccia una croce davanti a due testimoni che lo conoscono. Non preoccuparti..."

"Mah...non so! Ci devo pensare un po'. E magari parlare con qualcuno che mi faccia sentire anche la campana che suona peggio..."

Iacomo sapeva che al mondo non esiste chi ti regala qualcosa senza pretendere una contropartita. Per quanto riguardava questo fatto dell'emigrazione non riusciva ad avere un'idea precisa. Una parte di sé avrebbe voluto credere a tutti gli aspetti migliori ma la parte più realista e pessimista lo frenava e lo metteva in guardia.

Che fare, dunque? L'unica cosa che gli venne in mente fu di prefissarsi, per il giorno dopo, di parlarne con le altre famiglie della corte, principalmente con la Maria Stenta.

L'intento di licenziare tutti da parte dello Scardini aveva fatto riconsiderare l'eventualità di emigrare a tanti lavoratori della corte che, se avessero avuto i contratti rinnovati, mai avrebbero pensato a soluzioni alternative.

La decisione dello Scardini avrebbe riguardato anche la Maria Stenta, che occupava solo una misera stanzetta, resa, tuttavia, calda ed accogliente grazie a semplici ma curate migliorie.

Cacciare la vedova, che nella corte tutti conoscevano per la sua gentilezza e bontà, era il segnale inequivocabile di un atteggiamento duro e irremovibile che il padrone voleva dare a tutti quanti.

Iacomo aveva, dentro sé, un germe di pensiero che riguardava Maria. Era rimasto particolarmente colpito dalla sua disponibilità e dal suo modo di adattarsi a situazioni e persone.

Era innegabile: c'era qualcosa, in Maria, che intrigava fortemente Iacomo. Ora, più che mai, si rendeva conto dell'importanza di avere accanto una donna. Per sé stesso e per la famiglia...

Pensieri cercavano di emergere, ma Iacomo si sforzava di ricacciarli giù. Sua moglie se n'era appena andata. Suvvia!

Il giorno dopo, Iacomo si rese conto che la sua stessa preoccupazione attanagliava quasi tutte le altre famiglie della corte. C'era chi aveva già deciso di partire per il Brasile, chi cercava qualche certezza in più per prendere una decisione e chi, troppo vecchio o di salute cagionevole, aveva scartato decisamente l'eventualità dell'emigrazione.

Iacomo aveva raggiunto Maria che stava spazzando il pavimento in mattoni del porticato

"Allora, Maria... alla fine, ci ha messo tutti sulla strada..."

"Lui è il padrone. Lo può fare e lo ha fatto..." c'era un po' di rassegnazione in Maria? O solo la considerazione dalla quale ripartire?

"Cosa pensi di fare?" aveva chiesto Iacomo

"Cosa vuoi che ti dica? È un calvario continuo... Cosa posso fare? L'unico parente che mi è rimasto è un fratello che abitava ai Masi che se la passa anche peggio di me. Quando c'è stata la rotta dell'Adige ha perso tutto: aveva una casa, una capra e un po' di pollame. Ha perso tutto. Un po' di latte e alcune uova, prima riusciva a metterle in tavola...

Ho saputo che lui e la sua famiglia si erano salvati, ma che gli erano rimasti solo gli occhi per piangere. Adesso non saprei neanche dove cercarli. Non ho più avuto loro notizie e non so dove siano andati a stare..."

"Con i ragazzi, ieri sera, si parlava del Brasile..." aveva accennato Iacomo.

"Il Brasile..." aveva sospirato Maria, facendo intendere che l'aveva considerato. Il suo silenzio, più delle parole, diceva che ci aveva pensato. Eccome se ci aveva pensato. Ma era profondamente combattuta all'idea di iniziare una nuova vita, ché ancora non aveva assestato quella che, con coraggio, aveva ricominciato da quando era rimasta vedova.

"Non so. Proprio non so. Cosa può darmi il Brasile? E a quale costo?" Aveva chiesto Maria, senza sapere bene quale risposta avrebbe gradito sentire

"Ci saremmo noi. Con tutti i ragazzi. Insieme, potremmo sostenerci ed aiutarci..."

"Io non credo di averne la forza. Di ricominciare a lottare, intendo. Penso che sia giusto dare un futuro a mia figlia, ma da un po' mi sento del tutto svuotata, senza quella forza che sicuramente serve per affrontare una nuova fase della vita non sapendo bene cosa ci aspetta..."

"Io non voglio forzare la tua decisione. Anche per me non è semplice, ma capisco che per un uomo può essere più facile adattarsi. Voglio solo dirti che, qualora tu decidessi di partire, non avrei alcun dubbio sull'emigrare in Brasile."

Iacomo sapeva di non essere un gran parlatore, ma pensava che quelle poche, ma chiare, parole avessero fatto intendere chiaramente a Maria che non sarebbe stato innaturale unire le due famiglie in un unico nucleo.

Fiducioso sulla decisione della vedova, esternando il massimo della tranquillità e della sicurezza, si era congedato dicendole

"Pensaci pure un altro po'. Abbiamo ancora alcuni giorni davanti per prendere la decisione migliore."

Tuttavia, la sicurezza ostentata da Iacomo era rosa da un tarlo che lo attanagliava da quando aveva preso in seria considerazione l'ipotesi di emigrare in Brasile.

Se la Maria non fosse partita, sarebbe stato in grado di badare ai tre figli? D'accordo, Bertin e Pierin erano ormai grandicelli e, più che un peso, sarebbero stati un aiuto. Ma Anselmo? Iacomo lo vedeva ancora più piccolo dei suoi dieci anni anche a causa del suo fisico molto gracile.

Come sarebbe stata la situazione in Brasile? Che usanze c'erano? Come trattavano i bambini? Qui, nelle corti, si sapeva come andava. I ragazzini erano adibiti a svolgere quei lavoretti, non troppo pesanti, che avevano lo scopo principale di far loro conoscere usanze e tecniche di lavoro poiché quelli sarebbero diventati i lavoratori del domani.

Ma, soprattutto, come avrebbe conciliato il lavoro con la famiglia? Come avrebbe cresciuto i suoi figli? Che futuro sarebbe stato in grado di assicurare loro, e per sé stesso, quando, da vecchio, non fosse stato più in grado di lavorare?

Chissà, forse una donna l'avrebbe trovata là, in Brasile. Ma come sarebbe stata? Avrebbe capito la lingua? Si sarebbe adattata ad usanze diverse dalle sue?

Troppi pensieri si stavano accavallando nella testa di Iacomo. In certi momenti gli sembrava di perdere il controllo, di rimanere sopraffatto da così tanti problemi tutti insieme.

In quei giorni, prima di abbandonare per sempre la corte, la maggior parte degli uomini si organizzava per racimolare e portarsi appresso tutte le loro povere cose. Chi ne aveva la possibilità, attrezzava un carro sul quale sarebbe stata caricata tutta la roba di casa.

Il carro era un bene primario. Lo era soprattutto per quelle famiglie di fittavoli che erano spesso costrette a spostarsi da una corte all'altra quando il padrone, mai contento dei raccolti, non rinnovava loro il contratto per l'anno successivo.

Se il carro era un bene abbastanza comune per gran parte delle famiglie di contadini, altrettanto non si può dire per la bestia adibita a tirarlo.

Quando i contratti non venivano rinnovati, il padrone offriva ai fittavoli uscenti, una delle bestie più vecchie o in cattive condizioni, solitamente un mulo, in cambio di una percentuale maggiore, rispetto a quanto concordato, del raccolto dell'ultima stagione.

Iacomo disponeva di un carro in discrete condizioni che, qualora fosse partito per il Brasile, avrebbe cercato di vendere ad una delle famiglie della corte.

Insieme ai tre figli, aveva passato la giornata a dare una bella sistemata al carro e, verso sera aveva mandato Anselmo a chiamare la Maria chiedendole se avrebbe gradito venire a mangiare tinca e polenta a casa loro.

Iacomo fremeva per conoscere la decisione di Maria perché, qualunque fosse stata, avrebbe notevolmente condizionato anche le sue scelte.

Quella mattina, Pierin era uscito di buon'ora portando con sé un rastrello. Se non fosse stato per l'orario, si poteva pensare che fosse andato a raccogliere un po' di foglie secche. In quel periodo i contadini che non avevano impegni più importanti uscivano nei campi per raccogliere sacchi di foglie che, dopo essere state seccate sull'aia, venivano conservate per le giornate più fredde dell'inverno. Avrebbero alimentato il fuoco del caminetto mitigando il grande freddo delle case contadine.

Ma, quella mattina, approfittando anche di una nebbia abbastanza fitta, Pierin aveva intenzione di fare un uso diverso del rastrello.

Era la stagione nella quale le tinche "si mettevano", ovvero, con i movimenti rallentati e intorpiditi dall'acqua molto fredda, cercavano riparo per passare l'inverno infilandosi nella melma del canale.

Il canale che costeggiava le mura della corte si spingeva in mezzo alla campagna dello Scardini, diramandosi, più avanti, in diversi fossati. In alcuni tratti, l'acqua era bassa e lo strato di melma non tanto spessa. Era lì che Pierin sperava di individuare qualche bella tinca, non completamente nascosta dalla melma. E lì, avrebbe affondato i denti del rastrello, proprio sotto la pancia del pesce. Poi, con movimento scaltro ed esperto, l'avrebbe tirato sulla riva, ancora avvolto dalla melma.

Pierin, in questo modo, aveva preso una bella tinca e l'aveva infilata velocemente in un sacco dentro il quale aveva frettolosamente aggiunto una buona bracciata di foglie secche per avvolgere il pesce impedendone qualsiasi movimento che ne avrebbe rivelato la presenza.

La nebbia si stava alzando e per quella mattina Pierin poteva dirsi soddisfatto.

Quelle uscite erano sempre un rischio. Meglio che nessuno sapesse e nessuno vedesse. Anche le rastrellate dovevano essere valutate con attenzione perché le tracce di melma sulla riva erano indizi lampanti che c'era stata una pesca di quel tipo.

Tornato a casa, Pierin sapeva già cosa fare. L'aveva imparato da sua madre. Fin da piccolo, seguiva sempre con curiosità la preparazione del pesce prima di essere messo a cucinare. Sua madre infilava le vecchie e arrugginite forbici nella bocca del pesce e lo tagliava dalla parte del ventre fino ad arrivare alla coda. Poi, premendo sui lati carnosi, passava il pollice strisciandolo dalla bocca alla coda, per asportare le interiora del pesce. Pierin era particolarmente sorpreso nel vedere come, nonostante fosse completamente sezionato, spesso il pesce aveva sussulti di vita. Pensava a come doveva sentirsi il pesce ridotto in quelle condizioni, e la sua fantasia lo portava ad immaginare una ipotetica inversione di ruoli. Chissà cosa avrebbe provato se un grande pesce gli avesse aperto la pancia tirandone fuori tutte le budella. Chissà cosa avrebbe provato. Forse non avrebbe sentito male, perché se le budella non fossero state attaccate al corpo non avrebbero trasmesso il dolore al cervello. Non come quando c'era poco o niente da mangiare e, a letto, da disteso, sentiva sotto la sua gabbia toracica un grande affossamento come se fossero state tolte le budella, per quanto vuote erano.

La tinca in umido era sempre una festa perché con la polenta era proprio una delizia.

Cucinarla era solo una questione di tempo. Fatta a pezzi regolari veniva messa a cucinare con aglio soffritto e diverse altre verdure in modo da formare un delizioso sugo sul quale inzuppare la polenta.

Quel giorno, il pesce aveva completato la sua cottura lentamente, riempendo di un buon profumo tutta la casa. Era un peccato non condividere quel ben di Dio con qualcun altro. Ecco perché Iacomo trovò del tutto naturale rivolgere l'invito a Maria, in considerazione di quanto si era adoperata per loro nei giorni precedenti.

Iacomo e i suoi tre figli e Maria con la sua bambina, avrebbero ricordato quella sera per due buoni motivi: per le decisioni che vennero prese e per l'abbondante e gustosa cena a base di polenta e tinca in umido.

Maria aveva iniziato il discorso con una grande novità:

"Oggi, parlando con lo straccivendolo, mentre cercavo qualcosa da comprare, discorrendo su questa novità dei viaggi in Brasile, mi ha detto che aveva incontrato questi due, l'agente di emigrazione e quell'altro che dice di essere stato in Brasile e ora è venuto a prendere i parenti perché ha fatto fortuna... Beh, ha detto che non è niente vero..."

"Aspetta, aspetta..." aveva interrotto Iacomo che aveva bisogno di assimilare lentamente le novità

"Dove li ha incontrati? E cos'è che non è vero?"

"Mi ha detto che, durante il suo consueto giro, quando era arrivato dal Rosseto, nelle campagne di Noventa, aveva trovato tutta la gente della corte radunata nell'aia ad ascoltare questo tipo. Poi, ad un certo punto, quando l'agente ha lasciato parlare l'altro signore distinto che era con lui... beh, lì è successo un mezzo patatrac."

"Cioè?"

"Tra tutti quelli che stavano ascoltando c'era anche uno spazzacamino che, da sopra il tetto della casa padronale, si era fermato a metà del suo lavoro. Quando il tipo distinto ha iniziato a parlare, dicendo di chiamarsi Giuseppe Tenegon di Castelmassa e di essere di ritorno dal Brasile, è stato subito interrotto dallo spazzacamino 'Ueh... figlio di un cane: io ti conosco. Ti chiami sì Bepi ma di cognome non sei Tenegon e non sei neppure da Castelmassa. Tu sei quello che è stato cacciato a pedate nel didietro l'autunno passato dalla corte della Zancara perché avevi rubato un paio di sacchi di farina'. E questo, come potete immaginare, ha messo fine a tutti i discorsi e come erano arrivati se ne sono andati."

"Aspetta, aspetta: vuoi dire che è tutta una truffa?"

"Questo non lo so. Di sicuro non è vero che quello è tornato dal Brasile dove ha fatto i soldi!"

"Ma che motivo dovrebbero avere per farci partire? Possibile che ci sia sempre qualcuno che ci guadagna sulle nostre spalle?" era stata l'amara considerazione di Iacomo che non comprendeva il perché o il per come, ma aveva la netta impressione di trovarsi davanti all'ennesimo sopruso.

"Ma, aspettate un momento: ragioniamo..." era intervenuto Bertin che, insieme a Pierin si sentiva molto coinvolto in questo discorso da grandi, dato che insieme erano stati ad ascoltare l'agente d'emigrazione sul sagrato del Duomo di Montagnana.

"Abbiamo capito bene come funziona la cosa: il viaggio e il cibo non li dobbiamo pagare fino a quando non ci daranno un lavoro, là in Brasile, e allora, cosa dovremmo temere? Che prospettive abbiamo, invece, se rimaniamo qua? Di sicuro, qua abbiamo il culo per terra..."

"Giusto," aveva rafforzato Pierin *"se proprio dobbiamo ricominciare da zero, facciamolo dove abbiamo la possibilità di stare meglio e di arrivare ad avere della terra tutta nostra."*

"Io non so chi la racconta giusta," era intervenuto, dubbioso, Iacomo *"ma faccio fatica a credere che sia così facile fare i soldi..."*

La discussione era andata avanti fino a notte. Iacomo, probabilmente condizionato dallo scetticismo di Maria, era sempre più indeciso.

L'entusiasmo di Bertin e Pierin, invece, non era stato smorzato dalle rivelazioni di Maria a proposito dell'identità del tipo che accompagnava l'agente d'emigrazione.

Anselmo e Nora, dopo aver giocato per tutta la sera, solo marginalmente interessati ai discorsi dei grandi, erano crollati addormentati, appoggiati al focolare ormai custode soltanto di un mucchietto di cenere tiepida.

Quella sera, nella casa di Iacomo il lume rimase acceso fino a tardi, come pure in molte altre case della corte, segno di una preoccupazione generale che coinvolgeva tutte le famiglie che vedevano nel proprio futuro tanta incertezza.

Anche per Iacomo era necessario decidere cosa fare. Nonostante non volesse pensarci più di tanto, si sentiva responsabile anche per il futuro di Maria e della sua piccola figlia. I giorni passavano e San Martino si avvicinava: per quella data avrebbero dovuto andarsene dalla corte.

Le decisioni che vennero prese quella sera avrebbero portato ad un cambiamento importante, una separazione: un ulteriore smembramento della famiglia di Iacomo o, forse, l'inizio di una nuova e insolita unione.

Il giorno di San Martino

Quella mattina, alla corte dello Scardini c'era molta animazione. Il Capi, il gastaldo, si era svegliato presto ed era pronto per accogliere a modo suo le nuove famiglie di lavoranti che avrebbero costituito la nuova forza lavoro della corte.

Era importante far capire da subito a chi era doveroso portare rispetto. Mettere in chiaro le cose fin da subito avrebbe permesso di non avere problemi successivamente.

Alcune numerose famiglie erano arrivate qualche giorno prima e, dato che i precedenti lavoratori erano già andati via, si erano sistemate nelle loro nuove case.

A questi nuovi arrivati il Capi stava assegnando diversi compiti per realizzare il coordinamento dell'accoglienza di quel giorno, anche se ai più sembrava soltanto un confuso accavallamento di comandi senza logica.

Iacomo, sulla strada che lo allontanava per sempre dalla corte Scardini, di tanto in tanto incrociava chi, con carri colmi di povere cose da sistemare nella futura casa, andava in direzione opposta e sarebbe stato accolto, di lì a poco, da un agitato Capi. Non li invidiava, ma almeno quelli avevano una certezza nel proprio immediato futuro.

Era partito dalla corte che era ancora buio. La sera prima,

lui e Maria, avevano lavorato fino a tardi per caricare tutte le loro cose nel carro che ora stava procedendo lento, tirato da uno stanco mulo che lo Scardini aveva 'amabilmente' concesso in cambio di un sacco della farina che Iacomo avrebbe dovuto avere in cambio del cavallo macellato.

Indifferenti agli scuotimenti, per una strada ricca di sassi e buche, riparati da alcune coperte, tra pentole e qualche asse di legno, in un angolo del carro dormivano, una accanto all'altro, la piccola Nora e Anselmo.

Iacomo e Maria camminavano a fianco dello stanco mulo perché salire sul carro avrebbe affaticato più in fretta la povera bestia. Ma camminare sulla strada, tra sassi e buche, aveva ben presto causato un forte dolore ai loro piedi. Non era come camminare sulle erbose capezzagne o sulla terra morbida dei campi. E gli zoccoli in legno, anche se resi meno rigidi da un po' di fieno all'interno, risultavano ancora particolarmente scomodi.

Iacomo, Maria e i loro figli più piccoli, Nora e Anselmo, erano diretti verso la corte di Passarin, nella zona di Santa Margherita. Non avevano certezze, ma si diceva che tra tutti i latifondisti della zona, fosse quello meno prepotente. Purtroppo, era anche quello che aveva avuto maggiori danni dalla rotta dell'Adige di qualche anno prima e molte delle sue terre non erano ancora state recuperate dall'acqua. Per questo motivo, tra tutti i proprietari del mandamento era quello che contava il numero minore di lavoratori al suo servizio.

Avevano fatto più di una sosta, durante il viaggio, per un po' di riposo del mulo e un po' per sé stessi. I bambini si erano svegliati e avevano mangiato una piccola, gustosa, mela selvatica.

L'improvvisata famiglia sarebbe arrivata alla corte del Passarin verso mezzogiorno. Iacomo e Maria pensavano a come si sarebbero presentati e quale reazione avrebbero potuto suscitare. Sarebbe stato comodo farsi passare per marito e moglie con due figli. Ma, se avessero detto la verità, che male ci sarebbe stato?

Una vedova con una figlia e un vedovo con un figlio... dopotutto, quella sera, quando era maturata la decisione di mettere insieme le loro cose e le loro esistenze, Maria aveva posto delle ferme condizioni. Avrebbero condiviso tutte le loro misere cose e avrebbero messo insieme il proprio lavoro per il bene dei loro figli. L'unica cosa non condivisa sarebbe stata il letto. Quell'accordo avrebbe dimezzato i tanti problemi che l'uomo e la donna avrebbero dovuto affrontare dopo l'allontanamento dalla corte dello Scardini. Le difficoltà non sarebbero mancate ugualmente, ma sarebbe stato più agevole affrontarle.

Quando arrivarono alla corte del Passarin, furono colpiti dall'assoluta tranquillità che vi regnava. Non c'era nulla di paragonabile al trambusto di corte Scardini. Trambusto al quale contribuiva notevolmente l'estro del Capi.

Il gastaldo della corte, che li aveva visti arrivare, era

uscito da una delle prime abitazioni. Probabilmente aveva dovuto interrompere il suo pranzo perché era andato loro incontro pulendosi la bocca con la manica della camicia.

Prima ancora che Iacomo potesse aprire bocca, il gastaldo lo aveva anticipato

"Guardate, qua non c'è più posto per altri lavoratori, ma se volete aspettare che arrivi il padrone potrete parlare direttamente con lui."

"Ma perché? C'è forse la possibilità che ci trovi una sistemazione?" aveva chiesto, con malcelata speranza, Iacomo.

"Ah, questo non lo so... Posso solo dirvi che ho avuto ordine dal padrone di non mandare via nessuno se prima non ci ha parlato lui. Comunque, se intanto volete dare dell'acqua e del fieno al mulo, potete prenderne e aspettare lì, di fianco la stalla."

Dopo aver sistemato il carro a ridosso della stalla, dal lato più riparato dal freddo vento di novembre, Iacomo e Maria avevano cercato di rifocillarsi. Avevano mangiato polenta con le cipolle cotte la sera prima. Poi, mentre Maria badava ai bambini, Iacomo trovava sollievo in un massaggio ai propri piedi doloranti.

Il Passarin non si era fatto attendere molto. Era arrivato con un calessino molto meno appariscente rispetto a quello che era solito usare lo Scardini. Sembrava non avere la boria tipica dei padroni. Questo fu chiaro da subito, quando si mostrò dispiaciuto di non avere un posto in corte per altri lavoratori.

"Quindi, cosa pensate di fare, adesso?" aveva chiesto a Iacomo

"Sinceramente, non lo so proprio. Proveremo a passare l'Adige e andremo verso sud. Ci hanno detto che ci sono diverse corti per di là..."

"Non credo sarà così facile... L'unico ponte che c'era è andato distrutto nell'ottantadue e non è più stato rifatto. E usare la chiatta, passando di là con il carro vi costerà un occhio della testa."

Iacomo era rimasto in silenzio. La situazione che si stava delineando era drammatica. Quali scelte gli restavano?

Oh... come desiderava un'opportunità per dimostrare a Maria e a sé stesso che era possibile ripartire, rifarsi una vita, e stare un po' meglio di prima.

"Se volete, io posso offrirvi una sistemazione. È un po' particolare, ma se non avete niente di meglio..."

La fiammella della speranza si stava riaccendendo

"Non vi posso dare una sistemazione qui, nella corte, ma... C'è una casa, o meglio, quello che resta di una casa... Richiede un po' di lavoro, ma un uomo che si sa arrangiare

la può sistemare per bene."

"Ma, questa casa, non appartiene a qualcuno?"

"Ci abitava una famiglia di cinque persone: un padre, una madre e tre figli. Il più grande aveva quindici anni, la più piccola sette... Tutti morti nell'alluvione dell'ottantadue. Portati via dall'acqua..." Gli occhi del Passarin si erano bagnati di qualche lacrima. Quanto era diverso dallo Scardini...

"Hanno trovato solo il corpicino della più piccola, impigliato nei rami di un grande albero vicino alla casa. Degli altri non è mai stato ritrovato niente. Chissà dove sono finiti. Forse sono stati trascinati lontano chilometri, oppure potrebbero essere sepolti sotto il fango da qualche parte qui, molto vicino..."

"Povere anime..." aveva sospirato Maria

"Forse è anche per questa storia che da allora nessuno ha voluto sistemare la casa per andarci a stare... Se voi volete darci un'occhiata, vi ci posso portare."

Iacomo e Maria avevano la chiara impressione di trovarsi di fronte ad un brav'uomo che, per quanto appartenesse alla razza dei padroni, dimostrava di avere un cuore.

I ragazzi, in disparte, non avevano ascoltato quanto era stato detto *dai grandi*, che avevano avuto l'accortezza di parlare a bassa voce per non turbarli.

"Se volete, vi ci accompagno io per darci un'occhiata..."

Iacomo era certamente interessato e proprio per questo, ancor prima di vedere lo stato di questa casa, aveva iniziato a fare molte domande per avere un quadro della situazione il più completo possibile.

"Ma sebbene diroccata e da sistemare, questa casa, avrà pure un padrone. E se serviranno materiali per le riparazioni da chi potremmo averli? Noi qui non conosciamo nessuno."

"Beh, intanto vediamo in che condizioni si trova... Può anche essere che non sia conveniente sistemarla. Per quanto riguarda il resto, terra e casa sono di mia proprietà, quindi, casomai, è una cosa che sistemeremo tra di noi."

Iacomo, non poteva fare a meno di immaginare, ancor prima di aver visto la casa e aver trattato le condizioni, l'inizio di una nuova vita. Avrebbe avuto il compito gravoso ma gratificante di sistemare una casa con il suo lavoro, avrebbe dato un tetto a suo figlio e a Maria con la sua bambina, conquistandone la fiducia e la riconoscenza, e poi, chissà.

Il Passarin aveva comandato al bovaro della sua stalla di attaccare un robusto cavallo da tiro al carro di Iacomo. Il mulo era stato attaccato dietro, e Iacomo e Maria poterono salire sul carro, vicino ai due piccoli, senza timore di far stancare la bestia che lo tirava.

Mentre si allontanavano dalla corte, con il Passarin sul

suo calessino che faceva strada, Iacomo pensava che sarebbe stato bello lavorare per un padrone che non trattava i propri lavoratori come bestie. Che avrebbe lavorato di più e più volentieri. E pensava che, a conti fatti, sarebbe stato conveniente per tutti i padroni del mondo trattare meglio i loro contadini.

Avvicinandosi al posto in cui erano diretti, il paesaggio si andava facendo sempre più desolato e selvaggio. Iacomo non conosceva quelle zone e a poco servivano tutte le informazioni che a voce alta il Passarin elencava

"Qui siamo poco distante dalle valli della Megliadina, e di là ci sono le Moccenighe. Quando ha rotto l'Adige, qua c'erano tre metri d'acqua. Dei pochi alberi che son rimasti in piedi, si vedeva la cima solo di quelli più alti."

Stavano percorrendo un sentiero poco praticato: lo si capiva perché non c'era traccia dei tipici solchi paralleli che i carri lasciavano in tutte le strade di campagna. Del resto, nessuno avrebbe avuto interesse ad addentrarsi in quelle zone.

Ai lati della stradina d'erba c'erano terre semisommerse da acque ferme. Varia e disordinata vegetazione dava origine, qua e là, a grovigli di alberi e arbusti cresciuti senza alcun ordine, se non quello determinato dalla grande inondazione che aveva stravolto ogni cosa.

Quando la vegetazione si era notevolmente infittita al

punto da creare una specie di galleria sul sentiero, e le zone paludose avevano avuto il sopravvento sulla terra emersa, si trovarono di fronte alla casa diroccata. Sorgeva su uno spiazzo di terreno elevato, e questo ne aveva preservato sufficientemente i mattoni di crudo dall'acqua stagnante. Non era grande: si intuiva un'ampia stanza coperta per metà da un solaio in legno. Mancava una parte del tetto e una parte di muro su un lato. Fortunatamente, la parte di tetto buono copriva il sottostante solaio di legno e questo aveva permesso una buona conservazione delle tavole e delle travi che lo sostenevano.

Non era né meglio e né peggio di quanto Iacomo si fosse aspettato. Intraprendere la sistemazione di quella casa era certamente impegnativo, ma quale alternativa poteva avere?

"Ecco." Ruppe il silenzio il Passarin *"questa è la casa da sistemare. Adesso che l'avete vista, potete decidere cosa fare. Io vi posso dire cosa posso fare per voi, poi, la decisione è vostra."*

Il Passarin era il padrone della casa e delle terre. Le condizioni che avrebbe posto sarebbero state determinanti per la decisione di Iacomo e Maria.

"Allora, se pensate di poter sistemarvi la casa per abitarci, ve la posso concedere tranquillamente. Se avrete bisogno di qualcosa, mattoni, qualche tavola, qualche attrezzo... venite alla corte e vediamo di trovare quello che

vi serve. In cambio, lavorerete per recuperarmi qualcuno dei campi che ancora non sono coltivabili. Potrete iniziare da quelli che richiedono meno lavoro, che hanno poca acqua da far defluire con dei fossi o canalette. Saranno da liberare da piante e arbusti che sono cresciuti in questi anni. Se riuscirete a recuperarmi un paio di campi per stagione, vi posso fornire, a titolo di compenso, quello che serve per vivere e, quando i campi recuperati saranno pronti per dare raccolto, li potrete coltivare a mezzadria... Se vi sta bene, ovviamente!"

Era una buona proposta. Ci sarebbe stato da lavorare, ma i patti erano chiari e Iacomo confidava sulla sua intraprendenza e sulla sua esperienza per poter ottenere buoni risultati in breve tempo.

Quello che era urgente fare, prima di tutto, era la sistemazione di almeno una parte della casa per potervi abitare fin da subito. Iacomo aveva individuato la parte col caminetto come quella da sistemare per prima perché era già novembre ed era importante assicurarsi un riparo efficace contro il freddo che sarebbe presto arrivato.

La legna da bruciare per cucinare e riscaldarsi non sarebbe stata un problema, anzi, immaginava una bellissima legnaia bella come quella dei padroni, con tutti i tronchetti ben allineati e riparati da un tetto fatto con canne e ramaglie tenute insieme da un forte impasto d'argilla.

Per procurare il cibo avrebbe fatto affidamento sul pesce

che certamente non mancava nelle acque circostanti. Pensava già a come isolare determinate fosse d'acqua per rendere sicura ed agevole la pesca quando ne avesse avuto la necessità.

Una stretta di mano con il Passarin determinava ufficialmente l'inizio di una nuova vita per Iacomo, Maria e i piccoli Anselmo e Nora.

Pierin e Bertin solo qualche mese prima non avrebbero mai immaginato di trovarsi a dover affrontare il mondo da soli, senza il consiglio o l'imposizione di un genitore.

Nelle loro intenzioni e nelle loro speranze ci sarebbe stata un'avventura da intraprendere tutti insieme, con loro padre, il fratello più piccolo e Maria con la sua figlioletta.

Tutti insieme avrebbero avuto fiducia, forza e coraggio per fare grandi cose in un grande paese come il Brasile.

Ma quella sera Maria aveva rivelato ciò che aveva saputo a proposito di uno quelli che assoldavano lavoratori per il nuovo mondo, che voleva farsi passare per un emigrato che aveva fatto fortuna in Brasile ma che in realtà ciò non era.

Questa rivelazione aveva suscitato tanti dubbi ed aveva fatto prevalere in loro padre e in Maria la prudenza tipica di chi ha imparato a proprie spese a non fidarsi quando ti promettono qualcosa in cambio di nulla.

Se le cose fossero andate diversamente, probabilmente la famiglia non si sarebbe divisa.

Se Maria non avesse casualmente saputo la verità sul compare dell'agente d'emigrazione, se lo Scardini non avesse deciso di rifare la corte, se ci fosse stato un lavoro certo per qualcuno della famiglia, se...

Ma le cose vanno come vogliono, e quasi mai come vorrebbero i più disperati. Per questo, quella mattina, i due fratelli erano lì, alla stazione di Rovigo, in attesa di salire sul treno che li avrebbe portati a Genova, dove si sarebbero imbarcati.

Alcuni giorni prima si erano uniti alla famiglia di Biagio Moschin che era stato uno dei primi a prendere la decisione di emigrare. Qualcuno, tra i contadini della corte, aveva visto in questa sua determinazione la volontà di troncare ogni rapporto con lo Scardini con il quale, si diceva, ci fosse da tempo un conto in sospeso.

Erano giusto dieci anni che Biagio, con la sua giovane moglie, si era insediato in corte con un contratto da salariato.

La moglie di Biagio, la Rosetta, era decisamente una bella donna e probabilmente aveva mosso qualche voglia nello Scardini che, secondo una propria logica, si era sentito autorizzato ad ottenere qualche servigio extra.

In un caldo pomeriggio d'estate, con gli uomini nei campi e una corte soffocata da un'afa sonnolenta, lo Scardini era entrato nella casa di Biagio dove la moglie stava separando i fagioli dai baccelli.

Con l'arroganza di sempre aveva cercato di andare subito al sodo

"Ah, che fresco che c'è qui... Fuori mi mancava proprio il respiro..."

Rosetta, con il pensiero *rispondeva "Brutto bastardo. E gli uomini là, sul campo... Stanno bene, quelli?"*

"Mi metto qui a prender fiato." Aveva detto sedendo sul pagliericcio nell'angolo della stanza.

Biagio e Rosetta, a quel tempo non avevano figli e dormivano nella camera giù. Avrebbero sistemato il solaio ricavandone una zona notte quando fosse arrivata la prole.

Poi, levandosi i pantaloni e facendosi più esplicito aveva detto

"Dai Rosetta, lascia stare quel lavoro, portami un bicchiere d'acqua... e mettiti in libertà e vieni a darmi un po' di sollievo." Dicendo questo, aveva assunto una posizione, sul letto, che non lasciava dubbi sulle sue intenzioni.

Rosetta aveva preso l'acqua e si era presentata davanti allo Scardini tenendo in una mano il bicchiere e nell'altra la bacchetta che teneva sempre a portata di mano per cacciare qualche oca o qualche gallina che di tanto in tanto si avventuravano in casa in cerca di qualcosa da beccare.

"Questa è l'acqua e l'unico servizio che posso aggiungere è quello di far diventare le sue belle braghe bianche a strisce rosse, se non se ne va immediatamente."

Lo Scardini era borioso ma in sostanza alquanto pauroso e non avrebbe avuto il coraggio di cercare di prendere la donna con la forza.

"Guai se si viene a sapere!" aveva minacciato, uscendo frettolosamente dalla casa. Ma, evidentemente, nel tempo, qualcosa era trapelato.

Negli anni seguenti lo Scardini aveva tenuto con Biagio un comportamento perfettamente uguale a quello tenuto nei confronti degli altri lavoratori. Chissà, forse per pudore la moglie potrebbe non aver mai parlato di quell'episodio, oppure, semplicemente, non era il caso di scoprirsi e offrire un qualsiasi appiglio per far degenerare la cosa.

Appena si era presentata la possibilità di andarsene, seppur così lontano e all'avventura, Biagio era stato quello con meno esitazioni. E questo era stato interpretato come il segno che sapeva ciò che era accaduto e che per tutto quel tempo aveva saputo controllarsi senza mai manifestare un proposito di vendetta.

Un paio di giorni prima, Bertin e Pierin, insieme alla famiglia di Biagio, erano stati sottoposti alla visita medica che ne determinava l'idoneità all'imbarco. Poi, erano stati in comune per le formalità legate ai passaporti. Una volta che fu tutto in regola, per ultimo furono chiamati a firmare il contratto.

Le condizioni contenute nel contratto erano state lette loro dall'agente d'emigrazione. Una volta arrivati in Brasile sarebbero stati accompagnati alla fazenda del latifondista che li avrebbe assunti. Qui, avrebbero trovato una sistemazione e un lavoro che avrebbe permesso loro, in breve tempo, di ripagare il biglietto del viaggio. Poi, avrebbero iniziato a percepire una paga da utilizzare per riscattare i terreni messi a disposizione dal governo.

Mentre aspettavano l'arrivo del treno, i due fratelli, silenziosi, avevano il cuore gonfio e la testa piena di pensieri. Sulla banchina, molti altri disperati con tante speranze. A salutare non c'erano molti parenti perché quasi tutti erano stati portati fino a Rovigo da una tradotta organizzata dall'agente, ed era, ovviamente, riservata solo a chi partiva.

Il viaggio in treno verso Genova era stato lungo e scomodo. Bertin e Pierin non avevano mai fatto un viaggio in treno ed era stata una sorprendente scoperta. Tuttavia, pur avendo inizialmente ingannato il tempo, osservando dal finestrino i paesaggi che si lasciavano alle spalle, ben presto furono colti dalla stanchezza e cercarono di riposare sistemandosi alla meglio sulle scomode panche in legno della carrozza.

Mano a mano che la distanza da casa aumentava, la consapevolezza che non avrebbero rivisto quei posti familiari per chissà quanto tempo, intaccava la loro determinazione portando ad affiorare qualche lacrima sui loro occhi.

Il treno viaggiava spedito, lasciando dietro una densa e alta colonna di fumo. Lungo il percorso, si fermava in numerose stazioni per far salire altre persone sulle carrozze già molto gremite. Chi, come loro, era salito a Rovigo, poteva ritenersi molto fortunato ad aver trovato posto a sedere.

Quando furono a Piacenza, il capostazione aveva annunciato che il treno avrebbe fatto una sosta di alcune ore e chi voleva poteva scendere per fare due passi e sgranchirsi un po'.

Per Bertin e Pierin era l'occasione per ammirare da vicino l'enorme locomotiva: un autentico prodigio della modernità che li aveva fortemente impressionati quando, poche ore prima, era loro apparsa con un assordante stridore di freni, in stazione a Rovigo.

Scesero a turno per non perdere il posto a sedere tanto prezioso, e ne approfittarono per rinfrescarsi e dissetarsi ad una fontanella attorno alla quale si era radunata una piccola folla.

Poi, quando si era fatto buio già da un po', tornarono in carrozza dove si addormentarono vinti dalla stanchezza. Il tepore e il sommesso brusio di chi si raccontava qualcosa o stringeva amicizia, conciliava il riposo della maggior parte dei viaggiatori. In molti stavano accovacciati alla meglio sul pavimento o seduti sui propri miseri bagagli. Non era peggio del tepore della stalla nelle fredde notti d'inverno, quando uomini e donne della corte terminavano la loro faticosa giornata passando un po' di tempo compagnia.

Era ancora notte quando un sussulto della carrozza fece intendere che il treno stava ripartendo. Sarebbero arrivati a Genova nel primo pomeriggio.

Sembrava che quelle ultime ore di viaggio in treno fossero infinite. Poi, quando la stanchezza si stava facendo davvero insopportabile, ecco qualcosa che, magicamente, l'aveva dissolta. Dal finestrino era apparso il meraviglioso spettacolo del mare.

La maggior parte dei viaggiatori, contadini in procinto di emigrare, non aveva mai visto il mare. Quella distesa infinita di acqua luccicante al sole era uno spettacolo che toglieva il fiato. Nulla era paragonabile all'immensità di tutta quell'acqua.

"Sì, sì, il mare… avrete modo di stancarvi presto del mare." Aveva sentenziato qualcuno che voleva darsi delle arie perché il mare lo aveva già visto.

Quando entrarono in stazione a Genova lo smarrimento attanagliò quasi tutti i passeggeri di quel treno. Una folla sconfinata di varia umanità gremiva i marciapiedi. Un vociare frenetico accompagnava il veloce movimento della massa verso punti determinati.

Appena scesi dal treno, tutti i viaggiatori furono accolti da alcuni personaggi che, muniti di fischietto, alternavano comandi urlati ad assordanti fischi.

"Non allontanatevi. Rimanete sul marciapiede vicino al

treno da cui siete scesi. Non allontanatevi!"

Poi, quando tutti furono scesi e la situazione sembrava essersi normalizzata, questi ufficiali, certamente dipendenti della compagnia di navigazione, iniziarono un appello basato sulla provenienza dei viaggiatori.

"Ferrara, Ferrara, tutti quelli che sono saliti a Ferrara che sono diretti in Brasile devono venire con me..." con un coordinato passaparola, l'appello partiva dai primi vagoni del treno ed arrivava fino agli ultimi. Chi si sentiva chiamato in causa, freneticamente radunava le proprie cose e la propria famiglia avvicinandosi a chi li aveva chiamati.

"Rovigo, Rovigo! Chi è salito a Rovigo ed è diretto in Brasile deve venire con me!" Ecco, toccava a loro: Bertin e Pierin, avevano lanciato un'occhiata al Moschin per essere sicuri che avesse capito, ché la chiamata riguardava anche loro. Si avvicinarono a chi aveva lanciato l'appello. Era un ometto basso, con in testa uno stretto cappello da ufficiale, e quella era la cosa più credibile della sua persona. Riccioli bianchi, lunghi ed arruffati, fuggivano da sotto il cappello. Il naso rosso e le guance disegnate da violacei capillari facevano intuire il modo in cui aveva ingannato l'attesa dell'arrivo del treno.

Dopo un po', il gruppo si era avviato uscendo dalla stazione in direzione di una zona delimitata da numerose recinzioni. Dopo una bella camminata, che i più avevano ritenuto salutare dopo il lungo viaggio, erano arrivati ad un enorme capannone, che era alto almeno il doppio di una casa contadina.

Era tutto in legno. Non c'erano muri, ma solo pareti di tavole ben fissate e allineate in verticale. Attraversato un enorme portone, una volta all'interno, l'ufficiale dall'aspetto alticcio, aveva consegnato ad ognuno di loro un nastro di tela gialla

"Ve lo dovete legare al braccio, che sia sempre visibile, perché questo sarà come il vostro nome fino a quando arriverete in Brasile." Detto questo, mentre se ne stava andando, fu chiamato dal Moschin che qualche parola in italiano la sapeva dire

"Capitano, quand'è che partiamo con il piroscafo?"

"Dovreste imbarcarvi domani, se tutto va bene. Nel frattempo, sistematevi meglio che potete. Trovatevi un posto e un materasso per dormire. Domattina ci sarà la distribuzione del cibo, quindi cercate di esserci perché sarà l'unico pasto che avrete fino all'imbarco"

"Grazie signor capitano." Aveva risposto il Moschin. E, probabilmente perché quell'appellativo lo faceva sentire particolarmente importante, l'ufficiale aveva voluto regalare loro un utile consiglio. Aggrottando la fronte, con un'espressione che poteva far pensare all'ammonimento divino, quando Dio intimò ad Adamo ed Eva di non mangiare la mela proibita, con i capillari delle guance e del

naso che sembravano sul punto di esplodere, agitando l'indice, aveva avvertito

"E se uscite di qua, state attenti a chi vi vuole vendere qualcosa o vuole farvi fare il gioco delle tre carte... Ne ho visti di allocchi che ci hanno rimesso tutti i soldi che si erano portati dietro. Se volete un consiglio, aspettate qua, senza andarvene in giro!" e, detto questo, convinto di aver pienamente svolto il suo compito di "capitano" l'ometto se n'era andato.

In poche ore il capannone si era riempito fino quasi a scoppiare. Le persone erano ammassate a tal punto che molti dormivano seduti sul proprio bagaglio perché non c'era posto dove potersi sdraiare. In poco tempo, nonostante il capannone fosse stato molto alto, l'aria era diventata quasi irrespirabile. Qualcuno, privo di alcun pudore, espletava i propri bisogni senza appartarsi. Alcune donne, favorite dalle larghe e lunghe gonne, non erano da meno degli uomini più svergognati.

Non era proibito uscire, ma la maggior parte di quei disperati, forse per paura di mancare a qualche appello, o semplicemente alla distribuzione del cibo, aveva deciso di attendere pazientemente in quel malsano ambiente.

Bertin e Pierin cercavano di ingannare il tempo guardandosi in giro, attenti a tutto ciò che di nuovo si presentava loro. Facevano supposizioni sul perché di quel capannone così alto. La più plausibile sembrò essere quella che un tempo, in quel posto ci venissero costruite le navi.

Ben presto, iniziò a farsi strada in loro l'idea di uscire per ingannare un po' il tempo e per conoscere un po' meglio il posto. Dopo aver affidato i propri bagagli alla custodia del Moschin, che aveva deciso, con la sua famiglia, di non muoversi da lì, impiegando non poco tempo e regalando, qua e là, qualche pestone involontario a chi si trovava sul loro percorso, giunsero, finalmente, all'aria aperta. La differenza di temperatura era notevole e, avvolgendosi per bene nei loro poveri vestiti, si incamminarono sulla strada illuminata di tanto in tanto da lampioni con lanterne dall'incerta fiammella. La strada era costeggiata dalle povere case del porto e, più avanti, un intenso vociare rivelava la presenza di una locanda.

Via via che si avvicinavano alla bettola nella quale sembrava esserci un intenso andirivieni, posizionati sotto i lampioni o a ridosso del muretto che costeggiava la strada, illuminati da tremolanti lumini, diversi personaggi avevano disposto su banchetti improvvisati oggetti di vario tipo.

Alcuni avevano acceso l'interesse e il desiderio di Bertin e Pierin. Ovviamente, i venditori cercavano di far leva su quello che maggiormente sembrava attrarre l'attenzione dei due giovani.

"Forza ragazzi, comprate questa bella ocarina. Il viaggio durerà più di un mese e con questa non vi annoierete di certo." E, prendendola, l'improvvisato venditore aveva dato

dimostrazione di quello che si poteva ottenere da quello strumento suonando una breve e piacevole musichetta. Poi, aveva aggiunto *"E voi che siete giovani, lo sapete bene come attirare l'interesse delle ragazze. Avete tutto il tempo di imparare a suonarla per bene, e poi tutte le ragazze del bastimento si interesseranno a voi. Quando arriverete in Brasile avrete già la morosa, ve lo dico io!"*

"E quanto costa?" chiese Bertin

"Costerebbe cinque lire, ma visto che siete due simpatici ragazzi ve la vendo per due."

Il costo era proibitivo, o almeno così lo consideravano i due fratelli che di esperienza in fatto di acquisti e gestione del denaro non erano gran che. Quello che sapevano era che con quella cifra si compravano due chili di carne di manzo, che per la loro famiglia costituiva il consumo medio di un anno. Poi, quello che sapevano bene, era che in tasca, con numerosi sacrifici e privazioni, loro padre aveva affidato loro la roboante cifra di dieci lire, che, metà per ciascuno, i due fratelli tenevano in un sacchettino saldamente assicurato alle mutande.

No, non potevano permetterselo. Dovevano custodire e gestire con attenzione i soldi che avevano a disposizione. Ma erano molto tentati di concedersi quella meravigliosa ocarina. Era bella: aveva un bel colore ocra brillante, e attorno i fori un bordo di un rosso vivo. Ah, quanto sarebbe stato bello possederla e imparare a suonarla ingannando i lunghi e noiosi giorni di navigazione che li attendevano.

Bertin e Pierin si erano tirati in disparte per consigliarsi sul da farsi. La cosa non era passata inosservata ad un paio di giovani dall'aria un po' malmessa che non brillavano certo per la decenza del proprio abbigliamento.

"Ascolta Pierin, io dico che non possiamo spendere due lire. Per quanto bella sia, cosa direbbe nostro padre?"

"Si, d'accordo. Però, è pur vero che il denaro non ci serve a molto altro. Il viaggio e il vitto non li dobbiamo pagare. O meglio, non li dobbiamo pagare subito. E poi ho sentito che quando sei in Brasile, per cambiare i soldi nostri con quelli di là, chi lo fa si tiene una buona parte per sé. Più ne cambi e più se ne prendono."

"Mmm... vuoi dire che, piuttosto di perderli quando arriveremo là, è meglio spenderli qua?"

Beh, certo che non dobbiamo spenderli tutti qua. Non si sa mai che ci servano una volta arrivati. Però, magari, un capriccio ce lo possiamo anche concedere. Sei d'accordo?"

"Sì, forse hai ragione. Magari proviamo a chiedergli se ci fa un po' più di sconto."

Uno dei giovani che aveva seguito con interesse l'arrivo dei due fratelli, avvicinandosi e parlando piano, quasi a non farsi sentire dal venditore dell'ocarina poco più in là, si era rivolto loro dicendo

"Ehi, ragazzi, se vi interessa, vendo anch'io le stesse cose di quell'uomo. Se volete, l'ocarina ve la posso vendere per una lira. Non fidatevi di quel tipo: vuole solo spillarvi più soldi di quello che costa."

"Già, infatti ci sembrava un prezzo troppo alto..." aveva risposto Bertin

"Allora, vi interessa comprarla?" Era un prezzo migliore di quello che speravano di farsi fare dal primo venditore. Per questo risposero

"Sì, d'accordo. Dov'è il tuo banchetto? Vogliamo vederla, prima."

"Perfetto: voi sapete fare gli affari. Sapeste quanta gente imbroglia quello là, solo perché ha il banchetto bene in vista sulla strada. Io, invece, ce l'ho qui, poco distante, giù da quel lato. Ma venite, vi faccio strada. È proprio qui."

Il ragazzotto teneva una lampada in mano e, facendo luce, aveva invitato Bertin e Pierin a seguirlo in una stretta via che si inoltrava in mezzo a povere case buie.

Prima ancora che potesse sorgere un dubbio ai due fratelli, il ragazzotto che procedeva davanti a loro, con un gesto repentino aveva spento la fiammella della lanterna. In quello stesso momento Bertin si sentì afferrare al collo da una presenza alle spalle, mentre Pierin aveva ricevuto un pesante pugno in faccia, tanto da lasciarlo stordito, forse più per la sorpresa che per l'effettivo dolore.

Di colpo, ricordarono le parole dell'ufficiale che li aveva messi in guardia su certi malintenzionati che si aggiravano tra le vie del porto in cerca di sprovveduti da derubare.

La rabbia per esserci cascati così ingenuamente aveva avuto l'effetto di moltiplicare le loro forze contro questi aggressori che non vedevano ma che facevano piovere su di loro pugni e calci su ogni parte del corpo.

"Bertin, dagli, dagli!" aveva urlato Pierin, più che altro per avere una risposta e intuire se il fratello era in condizione di reagire.

"Dagli Pierin, che questi li gonfiamo di botte!" aveva risposto Bertin.

Per quanto non fossero abituati a fare a botte, i due fratelli avevano solidi muscoli, allenati dal lancio dei covoni o dalle inforcate di fieno buttate sopra il carro quando si raccoglieva dai campi, o ancora, dai pesanti sacchi di grano che venivano portati nel granaio del padrone.

Quanti erano gli aggressori? Forse tre, o forse anche quattro, ma i due fratelli non lo avrebbero mai saputo con esattezza perché la pesantezza dei loro pugni, per la maggior parte andati a segno, avevano fatto scappare quei malintenzionati che, velocemente, si erano dileguati nel buio.

"Come stai? Ti hanno colpito?" aveva chiesto Bertin al fratello più giovane

"Ho preso un pugno in faccia. Mi fa male il naso e un occhio..."

"Siamo stati degli stupidi. Dai, leviamoci di qua. Torniamo nella strada principale, che almeno quella è illuminata."

"I soldi, ce li hai ancora?" aveva chiesto Pierin, infilandosi una mano giù per le braghe arrivando fino al sacchetto ancora saldamente legato alle mutande.

"Sì, sì, non hanno avuto il tempo di trovarli." Aveva risposto, soddisfatto, Bertin

Quando furono sulla via principale, poterono constatare che la colluttazione aveva lasciato evidenti segni sulle loro facce. Pierin aveva il naso notevolmente gonfio e un occhio circondato da un grande cerchio rosso cupo, come se il sangue sottostante fosse arrivato fino al punto di fuoriuscire e si fosse fermato appena in tempo. Bertin, invece, aveva diversi graffi sulla fronte e sulle guance che sanguinavano leggermente.

Erano sbucati sulla via, proprio di fronte al banchetto del primo venditore che, vedendoli in quello stato, non poté fare a meno di sorridere. Era un sorriso che non lasciava dubbi sulla sua conoscenza con i mascalzoni che avevano messo in atto l'aggressione. Certamente ignaro della malparata per i suoi complici, si era rivolto ai due malconci fratelli in modo sarcastico:

"Non dovreste andare per vicoli poco illuminati senza una lanterna. Potreste incocciare contro qualcosa e farvi male. Ah ah ah..."

Senza dire parola, Bertin si era avvicinato al banchetto sommessamente con lo sguardo basso. Quando fu sufficientemente vicino, aveva appoggiato il piede al bordo del banchetto e, con tutta la forza che aveva, l'aveva scagliato contro il malcapitato che di colpo aveva smesso di ridere. Tutti gli oggetti che stavano sopra al banchetto caddero spargendosi nel raggio di alcuni metri. Le cose in terracotta, compresa l'agognata ocarina, erano andate in frantumi. Il venditore, colto di sorpresa, stentava a liberarsi dai rottami del banchetto che gli era finito sopra.

Bertin e Pierin, erano già lontani, e correvano facendo ritorno al capannone dalle alte pareti.

"Pensi che ci inseguiranno? Che manderanno le guardie a cercarci?"

"Ma va là, fossero onesti... Non penso proprio che dei manigoldi di quello stampo abbiano il coraggio di venire a cercarci qui. Farebbero certo una brutta fine con tutti quelli che potrebbero darci man forte!"

"Dobbiamo semplicemente starcene buoni, in mezzo a tutti gli altri. Domani saremo già imbarcati e non ci penseremo più."

Il Moschin, che era ancora sveglio, quando li aveva visti

tornare, così malconci, a notte fonda, aveva semplicemente chiesto *"Tutto bene?"* ricevendone un'educata e frettolosa risposta *"Sì, Sì."*

La mattina dopo, di buonora, alcuni dipendenti della compagnia di navigazione – lo si capiva dalla loro divisa blu con strisce bianche sulle maniche e dal tipico cappello col frontino – avevano iniziato a radunare, con lo stesso criterio con il quale erano stati condotti in quel capannone, tutti i viaggiatori suddivisi per luogo di provenienza.

Mentre attendevano di essere chiamati, i fratelli e la famiglia di Moschin si erano stretti gli uni agli altri per il timore che la confusione avesse potuto dividerli. Erano tutti evidentemente emozionati perché quelle erano le ultime ore sulla terra del loro paese, anche se, per la verità, di queste cose di politica non si erano mai interessati e, nelle campagne venete da cui venivano, anche le generazioni più anziane non potevano dire di aver notato la differenza da quando gli austriaci non erano più i loro padroni.

Pensavano che quella suddivisione in gruppi per luogo di provenienza era davvero una bella cosa perché, ascoltando i discorsi di alcuni viaggiatori, a causa della diversità dei vari dialetti, era davvero impossibile capire il senso di tante parole.

Finalmente, fu chiamato anche il gruppo di migranti provenienti da Rovigo, e, quasi come un plotone di soldati insubordinati, una cinquantina di persone aveva preso a seguire l'ufficiale che faceva strada.

Durante il tragitto verso il porto, tra i migranti regnava un insolito silenzio. Ognuno era sorpreso ed ammirato dalla vista della città che si stendeva, con il suo ammasso di case e chiese, dal mare alla zona montagnosa. Quanta gente, quante esistenze ammassate tutte in poco spazio...

Non c'erano campagne da coltivare. Chissà quali lavori permettevano a quella gente di mangiare. Erano domande alle quali nessuno dei contadini sapeva dare risposta perché per loro la sopravvivenza, da sempre, era legata a ciò che il lavoro nei campi poteva produrre.

Dopo un'ora abbondante di cammino, in una mattinata illuminata da un pallido sole, erano giunti alla banchina, di fronte al grande bastimento che li avrebbe portati in Brasile. La sua mole era spaventosa e tutti strabuzzavano gli occhi cercando termini di paragone per misurarne la grandezza. I fumaioli erano alti come un campanile e la lunghezza dell'imbarcazione non era inferiore a quella della corte degli Scardini. Come era possibile che non affondasse una cosa di quel peso? E quali incredibili motori avrebbero mosso quell'enorme nave?

"Ora, sistematevi qui, perché prima di salire a bordo bisogna aspettare l'arrivo dei viaggiatori di prima classe. Poi toccherà a voi. Mi raccomando: non allontanatevi perché chi mancherà all'appello resterà giù." Così dicendo, l'ufficiale che li aveva accompagnati se n'era andato dirigendosi verso una bettola molto affollata, appena fuori dalle recinzioni della banchina riservata al bastimento.

I migranti si erano sistemati il più comodamente

possibile per far trascorrere l'attesa senza stancarsi. Seduti sui propri bagagli, Bertin e Pierin ingannavano l'attesa osservando quanto accadeva sulla nave. I marinai erano affaccendati nel preparare le passerelle che avrebbero fatto salire a bordo tutti i viaggiatori. Intanto, sulla banchina, in uno spazio riservato e isolato da tutti i migranti, stavano arrivando numerose carrozze, tirate a lucido, dalle quali scendevano signore con vestiti talmente appariscenti e colorati da non sembrare neppure reali, e distinti uomini con il cappello e il sigaro in bocca. Gente estremamente ricca che si sarebbe imbarcata in prima classe. Tutti avevano almeno un paio di servi al seguito che si caricavano di bagagli aspettando, con evidente sofferenza, che un ufficiale porgesse il benvenuto ai propri padroni.

"Bertin, ti piacerebbe fare il servo a qualche signore?" aveva chiesto, scherzando, Pierin

"Ah, ah... sì, sì... come no? Scusi signora, con permesso signore, comandi signora...ah ah, sì sì, è sempre stato il mio sogno!"

"Già, ti ci vedo proprio, con la camicia bianca con il pizzo e la giacca nera con i bottoni dorati. Ah ah ah..."

"Senti: a me è venuta fame. Perché non mangiamo qualcosa?"

"Sì, qualcosa. Come se avessimo da scegliere. Sai bene che abbiamo solo un po' di pane biscottato."

"Va bene. Allora fammi scegliere. Mm… sì: ho proprio voglia di un po' di pane biscottato."

"Pronto in tavola signore. Comandi signore! Ah ah ah…"

Il pane biscottato era una gran bella cosa. Quando, per un eccesso di parsimonia, alcuni pezzi di pane restavano troppo a lungo nel cassone e le larve iniziavano ad intaccarlo, veniva biscottato fino a farlo diventare duro come una pietra. Tutto ciò ne allungava il tempo di conservazione e, soprattutto, dava modo di mangiarlo molto lentamente, tanto che un pezzo poteva durare anche alcune ore. In particolare, nelle famiglie dove c'erano bambini piccoli, non mancava mai, perché un pezzo di quel pane così durò teneva impegnato il bambino per molto tempo allevviandone lo stimolo della fame.

Bertin ne aveva presi due piccoli pezzi e porgendone uno al fratello, scherzando, aveva ammonito

"Mi raccomando: bisogna mangiare lentamente perché mangiare in fretta fa male!"

Verso sera, dopo aver assistito dapprima con interesse e curiosità, poi con indifferenza, e infine con fastidio all'arrivo di numerosi signori con relativa servitù, che si erano accomodati senza alcuna fretta, in prima classe, era stata ritirata la loro passerella e, contemporaneamente, da un altro punto del bastimento ne era stata calata un'altra, certamente dedicata ai migranti, perché, a confronto di quella usata dai signori, sembrava proprio di terza classe. Era poco più di un asse, senza una ringhiera di protezione, ma solo una corda allentata che fungeva più d'intralcio che d'aiuto.

L'ufficiale che li aveva abbandonati ad un pomeriggio di noia dirigendosi verso la bettola in fondo al porto, era tornato con aria scocciata ed impaziente, quasi che il suo spasso alla bettola fosse stato ben più faticoso e noioso rispetto l'intero pomeriggio dei viaggiatori abbandonati sulla banchina.

Forse aveva perso al gioco, o forse gli era andata male con qualche signorina bendisposta. O, semplicemente, si rendeva conto di poter gestire a suo piacimento le sorti di quei poveracci in procinto di partire.

"Bifolchi ignoranti, state zitti ché non voglio ripetere una parola di quello che dico." La sua voce aveva zittito del tutto il brusio della concitazione nell'imminenza dell'imbarco.

"Adesso salirete a bordo, uno alla volta. Sulla passerella, chi porta una valigia per mano deve salire camminando di

181

lato. Se cadete in acqua vi arrangiate. Se non sapete nuotare vi arrangiate. Se vi cade una valigia in acqua vi arrangiate..."

Uno alla volta, i diversi gruppi di migranti, con qualche difficoltà, erano saliti a bordo. Dall'affollamento della banchina si era passati all'affollamento del ponte del bastimento.

Alcuni marinai provvedevano alla distribuzione della gavetta e delle posate, un altro distribuiva le coperte e, per finire, un ufficiale consegnava ad ogni migrante una busta che conteneva il nome della fazenda alla quale erano destinati una volta sbarcati in Brasile.

"Sistematevi sotto coperta. Prendetevi un posto e tenetevelo. Chi perde qualcosa, materasso, coperta, gavetta, ne risponde e non avrà altro fino all'arrivo. Quelli che non vogliono la sistemazione nella stiva, si possono sistemare sul ponte, vicino alle scialuppe."

Era un'idea balorda, pensarono Bertin e Pierin. Chi mai avrebbe voluto dormire all'aperto in quei giorni freddi di novembre, con l'inverno prossimo ad arrivare?

Mentre si stavano dirigendo, con tutte le loro cose, verso la stiva, l'ufficiale li aveva fermati per informarli delle regole che tutti i viaggiatori, o meglio, che tutti i viaggiatori di terza classe, dovevano seguire.

C'erano cose che andavano rispettate per il bene comune, come mantenere in ordine il proprio posto letto, raccogliere le proprie cose nello spazio ad esse riservato, rispettare i turni mattutini per accedere alla latrina e agli spazi adibiti all'igiene personale, accedere al rancio in ordine con rispetto della fila, e altre cose di secondaria importanza che avrebbero appreso nel corso del viaggio.

Quando i due fratelli furono nella stiva, capirono perché era stato adibito a dormitorio anche uno spazio sul ponte. Nonostante fosse la stagione fredda, nella stiva l'aria era pesante, umida e soffocante.

"Accidenti: se adesso che è vuota è già così, figuriamoci poi, quando sarà piena di gente." Avevano pensato i due fratelli che proprio per questo cercarono un posto il più vicino possibile alla scala che dava sull'esterno.

Quella stiva sembrava un enorme labirinto dove gli intricati percorsi si sviluppavano tra file di cuccette e alcune travi che, di tanto in tanto rompevano la monotonia dell'ambiente.

"Qui vicino, sarà facile uscire se si dovesse star meglio fuori." Stranamente, quelle sistemazioni che erano da subito apparse alquanto preziose, non riscuotevano l'interesse di nessun altro. Il motivo lo scoprirono poco dopo quando un marinaio era sceso dalla scala aiutando a portare i bagagli di una bella ragazza, seguito dai genitori che guardavano con diffidenza questa galanteria nei confronti della figlia, perché si sa come son fatti i marinai...

"Ehi, voi, furboni: non avevate un posto migliore? Lo sapete che qui, vicino all'uscita non avrete un minuto di tranquillità né di giorno e né di notte?" li aveva messi in guardia l'aitante marinaio.

Accidenti, non ci avevano pensato: un andirivieni continuo avrebbe impedito loro di riposare decentemente. Quanta umanità sarebbe passata di fianco a loro in tutto il tempo del viaggio? Ragazzini frignanti, innamorati furtivi, vecchi asmatici in cerca di aria fresca, o qualcuno in corsa contro il tempo per raggiungere la latrina perché vittima di un attacco di diarrea. Sì, forse era il caso di trovare un nuovo posto.

La famiglia del Moschin e altri viaggiatori del gruppo di Rovigo avevano occupato le cuccette della parte centrale della stiva cercando di stare il più possibile uniti.

Il fatto di parlare lo stesso dialetto aveva favorito, fin dal viaggio in treno, l'instaurarsi di un rapporto di amicizia e solidarietà reciproca.

Le donne dei nuclei familiari più numerosi avevano già stabilito come dislocare, secondo una logica tipicamente femminile, i posti di uomini, femmine e bambini. Gli uomini non capivano queste particolari esigenze - per loro un posto valeva un altro – ma si erano adeguati tranquillamente alle disposizioni delle loro donne.

Tutte le cuccette erano a castello. Ogni castello ne aveva

tre. Le donne occupavano quelle sotto mentre quella più in alto era riservata al marito o ad un fratello, e questa era la sistemazione più rassicurante.

Dei teli venivano fissati ai fianchi della cuccetta di sopra e, nascondendo e avvolgendo quelle di sotto, assicuravano un po' di riservatezza alle donne che le occupavano.

Tuttavia, per quanto ognuno cercasse di adattare il proprio posto alle sue esigenze, era idea comune di tutti che, in quell'ambiente buio e soffocante, sarebbe stato meglio trascorrervi il minor tempo possibile.

Verso sera, quando ormai quasi tutti i viaggiatori di terza classe si erano sistemati, un prolungato suono di sirena aveva annunciato la tanto attesa partenza.

Tutti i passeggeri si erano portati sopra il ponte a veder allontanarsi la terraferma. Era l'imbrunire, e le luci della città creavano una struggente atmosfera che aveva mosso a commozione la maggior parte di quella gente in cerca di un futuro migliore.

In tanti salutavano, anche se sulla banchina non c'era nessuno che conoscevano. Ma salutavano. Salutavano il proprio paese. Cosa avrebbero trovato una volta scesi di nuovo sulla terraferma? Sarebbero tornati? E se fossero tornati, lo avrebbero fatto da vincitori o vinti?

In tanti piangevano. Gli uomini cercavano di ingoiare le lacrime per non dare un'immagine di sé troppo debole. Ma tutti, proprio tutti, avevano il groppo in gola.

Bertin e Pierin erano rimasti sul ponte, con lo sguardo rivolto verso il porto che diventava sempre più piccolo fino a scomparire nella foschia che si fondeva con l'oscurità.

Ora, attorno a loro c'era solo il mare. Una distesa di acqua dai confini indefiniti.

Nella loro testa si affollavano mille emozioni che si accavallavano disordinatamente l'una sull'altra.

Avrebbero avuto modo di metterle in ordine, sicuri che quel viaggio, quell'avventura, quella nuova esperienza di vita, avrebbe segnato in modo profondo e incancellabile la loro esistenza.

DALLE ACQUE

DALLE ACQUE

Avvertenza

Tengo a precisare che riferimenti a fatti, persone e luoghi reali sono da giudicarsi frutto di immaginazione.

Tuttavia, lo sfondo storico e sociale è sostanzialmente reale.

Gli avvenimenti che delineano il contesto delle vicende raccontate, come la rotta dell'Adige e il fenomeno dell'emigrazione, sono reali.

DALLE ACQUE

DALLE ACQUE

Franco Nicola Ferretto ha pubblicato:

- **DALLE ACQUE** *Romanzo – Dalla rotta dell'Adige del 1882 alle grandi migrazioni verso l'America*

- **DAL FANGO** *(attualmente non disponibile)*

- **DALLE NEBBIE** *Romanzo – Vita e disperazione nelle campagne venete tra le due Guerre Mondiali*

- **RACCONTI PER STRADA** *Storie contadine nelle campagne venete del primo Novecento*

- **RACCONTI CONTADINI** *Storie del mondo contadino padano di inizio Novecento*

- **RACCOLTA DI RACCONTI** *Racconti per strada + Racconti contadini + Un racconto inedito*

- **DALLE CORTI CONTADINE** *Romanzo – Vita e destino nelle campagne del primo Novecento*

Informazioni e notizie sulla produzione editoriale dell'autore

sul sito web www.franfer.it

DALLE ACQUE

Printed in Great Britain
by Amazon

33083039R00109